Diogenes Taschenbuch 22506

Georges Simenon

Der Stammgast

Roman

Deutsch von Josef Winiger

Diogenes

Titel der Originalausgabe:
›Les clients d'Avrenos‹

Umschlagfoto von
Klaus Bossemeyer/Bilderberg, Hamburg

Deutsche Erstausgabe

100/92/43/1
ISBN 3 257 22506 7

1

Es wurden noch keine Gäste erwartet, obwohl schon ein Student, der wegen Sacide gekommen war, an der Bar lehnte. Man brauchte ihn aber nicht zu bedienen, weil er immer nur ein kleines Bier bestellte und es auch noch stehen ließ.

Einzig die dicke Lola, ausstaffiert mit rosa Seide und falschen Perlen, saß einsatzbereit am ersten Tisch und hatte schon ihr diffuses Dauerlächeln aufgesetzt. Nur einmal, während ihres wenige Minuten dauernden Auftrittes, würde sie nicht lächeln, sondern die Stirn runzeln, die Lippen zusammenkneifen und ängstlich auf ihre Füße blicken. Sie hatte nie besonderen Wert auf ihre Tanzkunst gelegt und tanzte, wie die anderen übrigens auch, der Vorschrift halber, die in den Nachtklubs nur »Künstlerinnen« zuließ. Diese Berufsbezeichnung stand sogar in ihrem Paß!

Sacide war noch nicht erschienen. Sie ging immer als letzte in den Hängeboden, der den Damen des Etablissements als Loge diente, und erst wenn sie sich durch ein Loch in der Wand vergewissert hatte, daß Kunden im Gastraum saßen, inszenierte sie ihren Auftritt.

Die Männer zwinkerten ihr dann vieldeutig zu, grapschten nach ihr oder tätschelten ihr den Hintern, und wenn es einer einmal nicht tat, dann war offenkundig, daß er neu war in Ankara.

Der junge Student an der Bar war wirklich verliebt, und statt die Minuten zu zählen, fragte er ein bißchen Sonja aus, die Russin, die nicht tanzte und statt dessen französische und deutsche Liebeslieder sang.

»War gestern nacht spät Schluß?«

»Wie immer, so zwischen vier und fünf.«

»Und Sacide?...«

Der Student warf einen giftigen Blick nach hinten, wo sich in zwei Etagen enge Logen aneinanderreihten. Im Rest des Lokals konnte man ein Bier oder eine Limonade trinken, doch in den Logen mußte man türkischen Sekt oder Cocktails bestellen und die eine oder andere »Künstlerin« freihalten. Dafür durfte man den Vorhang der Loge zuziehen und sich den neugierigen Blicken entziehen.

Der Saxophonist stierte gelangweilt sein Instrument an, setzte es, weil das Publikum auf sich warten ließ, zwischendurch an die Lippen, dudelte ein paar plärrende Töne und starrte es dann von neuem an, während der Pianist eine Stambuler Zeitung las.

Der Chef des Hauses, ein untersetzter, quirliger, kahlköpfiger Jude, stellte die Getränke für die Nacht bereit. Bis auf zwei oder drei Personen genau konnte er die Zahl seiner Gäste abschätzen.

Die Sitzungsperiode des Parlaments ging ihrem Ende zu. In zwei oder drei Tagen würde der Ghasi die Versammlung in die Sommerpause schicken, einige Abgeordnete hatten die Hauptstadt bereits verlassen.

Was blieb dann noch, abgesehen von den Botschaften? Um das ›*Chat noir*‹ herum, das sich lustlos auf sein Nachtleben einstimmte, erhob sich nicht eine Stadt, sondern eine Art Vorposten, wie in Amerika zu Zeiten der Landnahme. Mitten im Hinterland, wo auf kahlem Bergrücken ein Bauernnest vor sich hin döste, hatte man auf Kemal Atatürks Geheiß innerhalb weniger Jahre Paläste und Ministerien aus dem Boden gestampft, Asphaltstraßen gezogen und ein Grandhotel gebaut.

Doch wenn in den kommenden Tagen Mustafa Kemal, genannt der Ghasi, zu seiner Sommerresidenz am Bosporus aufbrechen würde, würden die Straßen, die neuen Häuser und die Büros praktisch verwaist sein.

An diesem Abend fand ein Galadiner im ›*Ankara Palas*‹ statt. Seit zwei Monaten wohnten Belgier und Schweizer dort, die um die Konzession für eine Hochspannungsleitung nachsuchten, und heute hatten sie ihr Ziel erreicht. Umgehend erging eine Einladung an eine Reihe von Beamten und Abgeordneten.

Der Besitzer des ›*Chat noir*‹ rechnete sich aus, daß sie gegen zwei Uhr morgens bei ihm auftauchen würden, und stellte schon zehn Flaschen echten Champagner kalt.

Eine junge Griechin mit traurigen Hundeaugen, Aspasia mit Namen, schrieb mit violetter Tinte einen Brief, und der Wirt schrie sie an:

»Mach mir ja das Tischtuch nicht schmutzig!«

Neben ihr saß Nouchi, eine Ungarin, die vor acht Tagen in Ankara gestrandet war, und lackierte sich die Fingernägel.

Noch eine halbe Stunde...

Da klingelte das Telefon. Der Wirt hob ab, bedeutete dem Saxophonisten still zu sein und nahm eine unterwürfige Haltung an, die, als er auflegte, selbstbewußtem Stolz wich.

»Sacide! ... Aspasia! ... Lola! ...«

So gerührt war er nicht einmal die seltenen Male gewesen, die ein Botschafter, durch die Hintertür hereinkommend, in einer Loge Platz genommen hatte.

»Sacide!« rief er noch einmal und sah zur Decke hinauf.

Man hörte oben schlurfende Schritte. Sacide erschien, ohne Make-up und halbnackt unter einem von Schminke starrenden Bademantel.

»Zieht euch schleunigst an, und dann ab zum ›Bauernhof‹!«

Sacide blieb gelassen, sie war solcherlei gewohnt. Lola stürzte zur Loge. Die Russin fragte:

»Ich auch?«

»Nein. Jemand muß hierblieben. Außerdem sind dort keine Lieder gefragt!«

»Und ich?« fragte Nouchi, die Ungarin.

Sie war die Jüngste. Sie war bestimmt noch keine achtzehn. Sie hatte ein unregelmäßiges Gesicht, ein Stupsnäschen und einen Blick, der einen durchbohren konnte wie mit tausend Nadelstichen.

»Versuch's!«

Eine Viertelstunde lang hörte das ›*Chat noir*‹ auf zu existieren. Die Frauen rannten die Treppe zum Hängeboden hinauf und drängelten sich vor dem einzigen Spiegel, um Schminke und Puder aufzutragen.

»Sacide!« seufzte der Student, als sie zum Taxi lief.

»Was ist?«

»Versprichst du mir ...?«

Lachend drückte sie ihm einen Kuß auf die Wange und zwängte sich mit den anderen ins Auto. Sonja blieb allein zurück, doch ein Musiker war schon unterwegs, um zwei Frauen zu holen, die nicht zum Personal gehörten, weil sie nicht tanzten, aber gelegentlich »aushalfen«.

Der Wirt kehrte lächelnd zu seinen Flaschen zurück. Er malte sich aus, wie zwei Leibwächter des Ghasi auf Motorrädern das Taxi durch die Stadt eskortierten.

Der ›Bauernhof‹ war ein einfaches, eingeschossiges Haus am Rande der Stadt, inmitten von Plantagen gelegen. Mustafa Kemal hielt sich dort häufiger auf als in seinem Palast.

Es wurde wohl im Kreise der Familie und der Minister wieder üppig getafelt, und einer hatte dann vorgeschlagen, die Tänzerinnen kommen zu lassen.

Im ›*Chat noir*‹ war der junge Mann noch nicht bedient worden, und er nutzte die Gelegenheit zu verschwinden, ohne das Bier abzuwarten und zu bezahlen.

»Warum hast du mich nie eingeladen?«

Es war am Tag danach. Nouchi trug ein neues Kleid aus schwarzer Seide. Es betonte ihre schmale Taille und brachte ihren Busen zur Geltung, der wesentlich entwickelter war als der übrige Körper und auf den sie sehr stolz war.

Es war schon nach Mitternacht. In der Nachbarloge trank und lachte Sacide mit zwei durchreisenden Italienern. Sonja sang. Im Gastraum saßen Türken, die sich solche Vergnügungen nicht leisten konnten und deshalb Bier trinkend zusahen und zuhörten.

»Wie kommt es, daß du Ungarisch sprichst?«

»Ich war eben auch in Ungarn.«

Nouchi sah ihr Gegenüber mit einer Mischung aus Neugierde und Mißtrauen an. Sie hatte ihn auch schon im ›*Chat noir*‹ gesehen. Einmal war er sogar um vier Uhr morgens mit Sacide weggegangen.

»Bist du ein waschechter Franzose?«

»Ja!« entgegnete er lachend. »Du hingegen kannst noch so sehr Ungarin sein, ich würde trotzdem wetten, du bist gebürtige Wienerin.«

»Wie hast du das erraten?«

Der Kellner kam die Bestellung aufnehmen, und Nouchi wollte wie gewohnt sagen:

»Champagner!«

Doch der Franzose hatte schon bestimmt:

»Zwei Cocktails.«

»Lädst du mich nicht zum Abendessen ein?«

Er schüttelte den Kopf, und der Kellner ging. Dann legte er seine Hand auf Nouchis schmales Knie:

»Wie hat es dich hierher verschlagen?«

»Ich bin hier, weil es mir hier gefällt!« gab sie beleidigt zur Antwort.

»Ach was!«

»Doch!«

»Nein!«

Sie stritten sich wie Kinder.

»Wo hast du dich von den anderen abgesetzt?«

»In Izmir! Wer hat dir das gesagt?«

»Niemand hat mir etwas gesagt.«

So schwer zu erraten war es nun auch wieder nicht. Junge Ungarinnen, die mehr oder weniger tanzen konnten, zogen öfter in ganzen Gruppen los, manchmal mit Müttern, und dann wurde durch die Nachtklubs Vorderasiens getingelt.

Überall waren die Nachtklubs dieselben, sie hießen ›*Tabarin*‹ oder ›*Chat noir*‹ und hatten dieselben Logen mit Vorhängen, dieselben polyglotten Besitzer.

Viel mußten sie nicht können: etwas wie eine Tanznummer, die möglichst viel Haut zeigte, bevor die eigentliche Arbeit begann, die im Animieren der Gäste zum Trinken bestand.

»Warum bezahlst du mir kein Essen?«

»Weil ich kein Geld habe.«

Sie warf ihm einen ungläubigen Blick zu. Er war um die Vierzig und glich in nichts dem, was sie bisher kennengelernt hatte. Solche Männer gab es sonst nur im Film.

Vielleicht war er wirklich Franzose. Er hatte blondes, an den Schläfen graumeliertes und ziemlich dünnes Haar, das die Kopfhaut durchschimmern ließ.

Er war groß... Er...

Nouchi wußte nicht zu sagen, woran es lag. Bestimmend war vor allem der Eindruck von Vornehmheit. Ein Monokel verlieh seiner Physiognomie etwas Förmliches, Aristokratisches. Er trug einen schlichten grauen Anzug, der aber an ihm nicht wie ein Allerweltsanzug wirkte. Die anderen Male, die er gekommen war, hatte er denselben getragen. Er hatte vielleicht nur diesen einen, der allerdings Maßarbeit zu sein schien.

»Wie heißt du?«

»Bernard de Jonsac.«

»Mit einem *de* vor dem Namen? Bist du adlig?«

Statt zu antworten, lächelte er und stellte eine Gegenfrage:

»Warum hast du die andern in Izmir verlassen?«

»Weil sie nach Syrien gingen und dort Mädchen unter achtzehn in den Nachtklubs nicht zugelassen sind.«

Sonja kam mit ihrem Tablett vorbei. Es war nicht aufgefallen, daß sie aufgehört hatte zu singen, weil die Musik weiterspielte. Um mit dem Beispiel voranzugehen, tanzten Aspasia und Lola zusammen. Jonsacs Hand blieb auf Nouchis Knie liegen, machte jedoch keinen Versuch, den kindlich-anmutigen Rundungen des Schenkels zu folgen.

Sie schwiegen, als der Kellner die Cocktails brachte. Mehrere Minuten lang maßen sie sich gegenseitig mit amüsierten Blicken.

»Ich weiß, daß dir jemand über mich erzählt hat«, seufzte endlich die Ungarin. »Sicher wieder der Chef...«

»Was soll er erzählt haben?«

»Das von letzter Nacht...«

Ihre Züge wurden spitzer, ihr Blick stechender.

»Du glaubst wohl, ich wisse nicht, warum du mich eingeladen hast! Bisher hast du mich überhaupt nicht wahrgenommen. Jetzt wollen mich plötzlich alle zum Champagner einladen.«

Neugierig wartete er ab, was folgen würde.

»Und das alles nur, weil ich mit dem Ghasi geschlafen habe!«

»Tatsächlich?«

»Frag Sacide! Siehst du, da machst du Augen!«

Sie hatten die Vorhänge nicht zugezogen. Sie sahen auf die Tanzfläche hinab, die einige Gäste umstanden.

»Bezahl mir ein Abendessen, bitte!«

Er schüttelte den Kopf.

»Hast du wirklich kein Geld? Was machst du denn beruflich?«

Jonsac lächelte von neuem, sehr geheimnisvoll.

»Rate!«

»Du bist nicht bei der Botschaft, denn dort kenne ich alle. Geschäftsmann bist du auch nicht...«

Sie sah seine weißen, sehr gepflegten Hände an. An einem Finger steckte ein Platinring mit einem Diamanten.

»Warte... Du bist...«

Sie zog die Stirn kraus und überlegte angestrengt.

»Du machst irgend etwas Ausgefallenes... Spionage, zum Beispiel... Oder Kokainhandel... Oder sogar...«

Er schwieg und ließ sie zappeln; vor Nervosität leerte sie ihr Glas in einem Zug.

»Bleibst du länger in Ankara?«

»Ich glaube nicht... Vielleicht reise ich schon morgen ab...«

»Welcher Klasse reist du?«

»Schlafwagen.«

Nouchi blickte verträumt aus dunklen Augen.

Der Ghasi fährt auch weg... In acht Tagen macht der Laden hier dicht...

Auf einmal sagte sie:

»Nimm mich mit!«

Auch jetzt sagte er weder ja noch nein. Er sah sie an,

und sie sah ihn an. Mitten im Lärm hatten sie, ohne es zu bemerken, eine solche Oase der Intimität geschaffen, daß sie einander minutenlang nur schweigend anlächelten.

»Heißt das *ja*?«

»Vielleicht.«

Nouchi küßte ihn auf die Stirn. Er nutzte die Gelegenheit nicht, sie an sich zu ziehen.

»Du, wenn du nicht noch etwas bestellst, wird der Chef böse. Bestelle nochmals Cocktails. Wenn du willst, gebe ich dir meinen Anteil...«

Er wußte, daß sie das Nachtlokal erst verlassen konnte, wenn es schloß. Zwei Stunden lang mußten sie noch warten, bis die letzten Gäste müde würden. Nebenan lachte Sacide, der ihre Kunden ein paar Brocken Italienisch beizubringen suchten.

»Wie alt bist du eigentlich?«

»Siebzehn.«

Jonsac schien ein wenig traurig zu sein, vielleicht war er auch gerührt.

»Und ist es schon lange her, daß du...«

»Daß ich was?«

»Du weißt doch!«

Sie lachte und entblößte dabei sehr große, strahlend weiße Zähne.

»Was stört dich das?«

»Nichts.«

Die zwei Stunden wurden lang. Sie kamen sich vor wie in einem Wartesaal, in dem es sich nicht lohnt, etwas Ernsthaftes anzufangen. Zehn Minuten vor Schluß ging Nouchi zur Theke, und Jonsac sah ihr von weitem zu, wie sie mit dem Wirt abrechnete. Mit angeleckter Bleistiftspitze ging sie die Zahlen durch, verhandelte und zählte schließlich ihr Geld nach. Dann ging sie zum Hängeboden hinauf und kam mit einem kleinen Paket wieder, das ihr Kostüm und ihre Schminksachen enthielt.

Sie trafen sich auf dem Gehsteig. Der Zug fuhr um sieben Uhr früh. Bis dahin blieben ihnen drei Stunden.

»Wo wohnst du?« fragte Jonsac.

»Ich habe ein Zimmer in Monatsmiete. Ich werde den ganzen Monat bezahlen müssen. Bist du im *›Ankara Palas‹*?«

Sie selbst entschied:

»In dein Hotel wird man mich nicht hereinlassen. Zu mir kannst du auch nicht kommen. Warte auf mich um sieben auf dem Bahnsteig.«

Sie gab ihm einen letzten Kuß und stöckelte dann eilig davon.

Jonsac hatte nur eine Fahrkarte gekauft, weil er nicht sicher war, daß sie kommen würde. Um fünf vor sieben sah er sie aus einem Taxi steigen und einem Träger ein hübsches Köfferchen in naturfarbenem Leder übergeben.

Sie war keine Spur aufgeregt. Im knappen schwarzen Kostüm, auf dem Kopf einen grünen Hut, die Beine wohlgeformt in faltenloser Seide, ging sie auf ihn zu, als wäre er ein alter Bekannter. Der persische Konsul, der seine Frau auf den Zug brachte, drehte sich mehrmals nach ihr um. Dienstmänner blickten ihr nach.

»Guten Morgen«, sagte sie und hielt ihm die Stirn hin.

Dann trat sie einen Schritt zurück, um ihn zu mustern, sie bemerkte auch die weißen Gamaschen über den Lackschuhen.

»Schick sehen Sie aus! Das gefällt mir...«

Sie steuerte geradewegs auf den Schlafwagen zu:

»Welche Nummer?«

»Sieben und neun.«

Es war schon heiß. Die Sonne brannte erbarmungslos auf den kleinen Bahnhof nieder, auf dem jeder jeden kannte.

»Haben Sie wenigstens etwas zum Lesen dabei?«

Sie zog die Jacke ihres Kostüms aus, die Seidenbluse war vom selben Grün wie der Hut. Ihre Brüste reagierten auf jedes Holpern des Zuges. Mit ernster Miene blickte sie zum Fenster hinaus.

»Stimmt es wirklich, daß Sie kein Geld haben?«

Sie wurde ein wenig verlegen:

»Jetzt habe ich wieder gesiezt. Was ist Ihnen denn lieber?«

»Das ist mir egal.«

»Dann werde ich mal siezen, mal duzen. Hast du kein Geld?«

»Nicht viel.«

»Ich will viel Geld haben, weil es zu dumm ist, arm zu sein. Wir werden eben viel verdienen!«

Beim Wort »arm« wurde ihr Blick hart, und es war nicht schwer, sich die Mietskaserne im Wiener Vorort vorzustellen, in der sie geboren war, oder die schäbigen Hotels, in denen sie gehaust hatte, als sie durch die Nachtklubs in Rumänien, Bulgarien oder sonstwo getingelt war.

»Läute dem Kellner und bestell eine Flasche Mineralwasser.«

Sie wußte immerhin, daß man im Schlafwagen dem Kellner klingeln und Getränke bestellen kann.

»Nouchi...«

»Was?«

»Ich habe dich gestern, oder vielmehr heute früh, gefragt, ob du das schon lange machst...«

»Was denn?«

»Du weißt, was ich meine.«

»Interessiert dich das so sehr?«

Diesmal lachte sie nicht, sondern schmollte beleidigt, eine geschlagene Viertelstunde.

»Kennst du in Stambul Leute?«

»Viele.«

»Reiche?«

»Reiche und weniger reiche.«

»Als was wirst du mich ihnen vorstellen?«

Sie erwartete, verlangte regelrecht eine Antwort, als hätte sie einen Anspruch darauf.

»Ich weiß nicht. Ich werde sagen, du seist...«

»Eine Freundin! Nichts weiter! Außerdem ist das wahr.«

Seit dem Morgen hatte sich Jonsac ihr noch nicht genähert. Irgendwann verließ er seinen Platz und wollte sie küssen, doch sie schob ihn weg:

»Es ist zu heiß!«

Das stimmte sogar. Ihre grüne Seidenbluse hatte unter den Achseln Schweißflecken bekommen. Die Nasenspitze glänzte, was die Unregelmäßigkeit ihres Gesichts hervorhob.

»Könnten wir nicht in den Speisewagen gehen?«

Sie war dort sehr aufgeräumt, auch sehr umgänglich. Man hätte die beiden trotz des Altersunterschieds ohne weiteres für ein Ehepaar halten können.

Kahle Bergrücken und versengte Felder zogen beiderseits des Zuges vorüber.

»Sind das Türken, die du in Stambul kennst?«

»Türken, Franzosen, Italiener, Juden...«

»Sind die Wohnungen in Pera teuer?«

Bei ihrem Zwischenhalt in Konstantinopel hatte sie wohl in einem billigen Hotel in Galata gewohnt, und das elegante, auf dem Hügel über dem Goldenen Horn gelegene Pera mußte sie durch seine neuen Häuser mit den schmiedeeisernen Toren und den hellen Wohnungen sehr beeindruckt haben.

»Ich kenne die Preise nicht«, sagte Jonsac.

»Du wirst dich erkundigen müssen. Das ist sehr wichtig.«

Nach ihren Tischmanieren hätte man sie für eine Dame halten können, die in eleganten Restaurants ein und aus geht.

»Ist es dir unangenehm, daß ich mitgekommen bin?«

»Überhaupt nicht.«

»Manchmal habe ich den Eindruck. Wenn ich dir lästig bin, mußt du es sagen. Dann sage ich dir ade, wenn wir in Stambul sind, und du bist mich los.«

»Aber nein!«

Den ganzen Nachmittag lang las sie einen deutschen Roman, gegen Abend knabberte sie Gebäck. Schließlich erklärte sie:

»Und jetzt gehst du auf dem Gang spazieren, während ich mich ausziehe.«

Eine Viertelstunde später öffnete sie die Tür. Sie trug einen Schlafanzug und einen Morgenmantel.

»Du bist dran!«

Als sie beide in Nachtgewändern zwischen den beiden Liegen standen, streckte Jonsac die Arme aus und murmelte:

»Nouchi ...«

»Pst! ... Leg dich schlafen ... Ich bin sehr müde ...«

Sie schlüpfte unter das Laken, das sie bis zum Kinn hochzog.

»Schlaf gut ... Weck mich eine Stunde vor der Ankunft ...«

Zwei- oder dreimal war er nahe daran, aufzustehen, doch er spürte, daß es umsonst gewesen wäre. Als sie beide aufwachten, blieb ihnen weniger als eine Viertelstunde bis zur Ankunft, und von getrenntem Anziehen konnte keine Rede mehr sein.

Sie rafften Wäsche, Kleider und Schuhe zusammen und zogen sich im engen Abteil unter Verrenkungen an. Jonsac erhaschte einen Blick auf ihre weiße Brust, danach, als sie die Strümpfe anzog, auf ihre Beine.

Doch wenig später standen sie beide vollständig angezogen mit dem Koffer in der Hand da und warteten, daß der Zug in Haydar Paşa zum Stehen kam, dann sprangen sie auf den Bahnsteig hinunter und tauchten ins Gewoge des großen Bahnhofs ein.

Draußen wartete schon die Fähre. Am anderen Ufer des Bosporus erhob sich Stambul, linker Hand die Minarette, rechter Hand moderne Betonbauten.

Jonsac schritt zügig voran, die Sonne und das glitzernde Meer blendeten ihn. Da faßte eine Hand so selbstverständlich seinen Arm, als hätte sie seit jeher dorthin gehört.

»Du machst zu große Schritte«, sagte Nouchi.

2

Als sie am Nachmittag die Gärten von Taksim mit der grandiosen Aussicht auf das Goldene Horn durchquerten, zog Nouchi ihre spitze Nase kraus, und die kleinen schwarzen Knopfaugen rückten näher zusammen.

»Hier müssen wir wohnen!« dekretierte sie.

Diese plötzliche Starrheit des Blicks, dieses Beben der Nasenflügel kannte Jonsac schon: Es verhieß eine fast animalische Begehrlichkeit. Nouchi wies auf die modernen Gebäude, die den Park säumten, auf ihre schmiedeeisernen Tore, ihre marmorverkleideten Eingangshallen, ihre modernen Aufzüge, die geräuschlos zu adretten Wohnungen führten, wo alles reinlich war und das Auge sich am Panorama von Konstantinopel weidete.

An einem Balkongeländer lehnte eine Frau im blauen Kleid, und dieses Blau bildete auf dem Weiß der Hauswand einen erregenden Tupfer, was den Eindruck grandioser Ruhe und geradezu unwirklicher Friedlichkeit noch verstärkte.

Im Park führten Kindermädchen in makellosem Weiß ihre Schützlinge spazieren.

Doch was Nouchi mit eng zusammengerückten Augen plötzlich so scharf fixierte, das war der blaue Fleck, an dessen Stelle sie selbst gerne gestanden hätte.

Jonsac konnte sie sich gut vorstellen, wie sie dort, im seidigen Negligé lässig ans Geländer gelehnt, sich die Nägel feilen und dabei verträumt auf die Stadt herabblicken würde.

Einstweilen hatten sie ein Zimmer im ›*Pera Palas*‹ genommen, im sechsten Stock und ohne Blick auf den Bosporus, damit es nicht so teuer wurde. Sie hatten bereits eine Nacht dort geschlafen, in getrennten Betten. Jonsac hatte einen linkischen Annäherungsversuch gemacht.

»Ich bin müde...«, hatte sie wieder gesagt, worauf sie sich aufs Bett gesetzt, die Strümpfe ausgezogen und sich die brennenden Füße massiert hatte.

Er hatte in ihren Augen echten Widerwillen gelesen. Er hatte sich dann in sein Bett gelegt, und als er am Morgen die Augen aufschlug, war Nouchi schon im Bad, wo sie in ihren Espadrilles über die kühlen Bodenplatten schlurfte.

»Klingle dem Kellner«, hatte sie gesagt. »Ich möchte eine heiße Schokolade.«

Dann hatte sie angefangen, sich mit einer eigenartigen Mischung von Ungeniertheit und Schamhaftigkeit vor ihm anzuziehen. Schon zuvor hatte sie sich nicht abgewandt, als sie sich mit kaltem Wasser den Oberkörper wusch, wobei sie den Schwamm zwischen ihren Brüsten ausquetschte. Doch mit dem Blick schien sie einen Kreis um sich herum zu ziehen, den Jonsac nicht überschreiten durfte.

Sie kleidete sich in seiner Gegenwart an, wie sie sich wohl vor ihren Kolleginnen im Nachtlokal angekleidet hatte, und lange Zeit saß sie mit zerfurchter Stirn im

Unterrock da und stopfte einen über die Faust gespannten Strumpf.

»Was machen wir heute?«

Sie hatte so selbstverständlich »wir« gesagt, als wären sie seit Jahren miteinander verheiratet, dabei waren die Streichelbewegungen über das kindliche Knie und die zwei oder drei Küsse auf die Stirn alles gewesen, was bisher zwischen ihnen passiert war.

»Ich muß zur Botschaft.«

Ohne ihre Stopfarbeit zu unterbrechen, warf sie einen kurzen Blick zu ihrem Gefährten hinüber, einen zustimmenden, erfreuten Blick.

»Ich verstehe!... Zur französischen Botschaft?«

»Ja, natürlich.«

Jonsac selbst brachte es nicht fertig, sich vor ihr anzuziehen, und schloß sich im Bad ein. Glattrasiert, im Anzug und mit aufgesetztem Monokel erschien er wieder.

»Das Monokel steht dir gut!«

Sie lachte, als er sich geschmeichelt fühlte. Sie sahen einander oft verstohlen an, und manchmal trafen sich ihre Blicke. Dann mußten sie beide lächeln. Es war fast ein Spiel. Nouchis Selbstsicherheit belustigte Jonsac, sie erinnerte ihn an die Selbstsicherheit eines Kindes, das mit wichtiger Miene Erwachsene herumführt.

Aber lächelte Nouchi nicht ihrerseits über Jonsacs Selbstbewußtsein, mit dem er den Herrn von Welt spielte?

Zusammen gingen sie die Grande Rue von Pera entlang und nahmen das steile Gäßchen, das zur Botschaft hinunterführt. Es war ein schönes, herrschaftliches Gebäude mit einem Park, in dem es so still wie in einem Kloster war. Ein Gärtner war mit dem Gießen der Blumenbeete beschäftigt, und Nouchi setzte sich auf eine Bank.

»Ich warte hier auf dich.«

Sie blickte ihm nach, als er die Eingangshalle betrat, an den Bediensteten einfach vorbeiging und die Prunktreppe hinaufstieg.

Eine halbe Stunde später war Jonsac wieder bei ihr, und sie hakte sich ganz selbstverständlich unter.

»Wir werden sehr viel Geld verdienen müssen«, erklärte sie nach einem letzten Blick auf den schattigen Park und die Säulenhalle des Vorbaus.

Jetzt spazierten sie gemächlich durch menschenleere Straßen. Es war vier Uhr früh, und das Morgengrauen kündigte den neuen Tag an.

»Sehr interessant sind deine Freunde nicht«, befand Nouchi. »Triffst du dich oft mit ihnen?«

»Ziemlich.«

»Gib zu, daß du jeden Tag mit ihnen zusammen bist.«

Obwohl es zutraf, stritt Jonsac es verschämt ab.

»Nicht jeden Tag ...«

Er sah ihr an, daß sie es ihm nicht glaubte. Gegen sieben Uhr abends waren sie jenseits des Hafens in das Gassengewirr des alten Stambul eingetaucht und hatten hinter dem Fischmarkt Avrenos' Restaurant betreten.

Man mußte zwei Stufen hinuntersteigen, um in das niedrige Lokal mit den gelbgestrichenen Wänden zu gelangen, in dem ein Dutzend Tische und eine mit

Speisen beladene Theke standen. Jonsac war sofort auf Freunde gestoßen, und diese waren mit ihren Stühlen zur Seite gerückt, um den Neuankömmlingen Platz zu machen.

Man spürte, daß es sich um eine Gesellschaft von Leuten handelte, die sich Abend für Abend am selben Ort trafen. Anfangs ließ Nouchis Anwesenheit sie fast völlig verstummen. Nur ein paar belanglose Sätze wurden gesprochen.

»Fahren Sie nach Ankara zurück?«

»Nicht vor dem Winter. Kommt Selim Bey nicht?«

»Sein Rheuma plagt ihn. Wir besuchen ihn nachher in Pera.«

Auch die Mahlzeit verlief in eingefahrenen Bahnen. Ohne daß sie bestellt hatten, brachte der Kellner gebackene Muscheln, gefüllte Weinblätter und schließlich ein scharfgewürztes Fischragout. Es gab keine Tischtücher. Die Raki-Gläser waren dick und beschlagen.

Nouchi aß langsam und beobachtete ihren neuen Bekanntenkreis, der sich schon bald wieder erweiterte. Es war wirklich ein allabendliches Stelldichein. Zwei Männer kamen herein, und man rückte abermals zusammen, um Platz zu machen.

»Tevfik Bey«, stellte Jonsac den Jüngeren vor.

Dann, zu einem Mann gewandt, der erst um die fünfunddreißig, aber bereits ergraut war und der jetzt mit mattem Lächeln zu dem Mädchen kam und es mit Verbeugung und Handkuß begrüßte:

»Uzun, der Bankier...«

»Wir sind uns schon irgendwo begegnet«, sagte sie.

Auch er erinnerte sich, doch vielleicht genierte er sich, den Ort zu nennen. Sie half nach:

»In Constanța, in Rumänien... Im ›*Maxim*‹...«

Ihr war es keineswegs peinlich. Sie lächelte gönnerhaft, als wäre sie die Hauptperson bei diesem Essen, das sich in ziemlichem Durcheinander in die Länge zog, weil jeder das aß, worauf er Lust hatte, und alle gesondert bezahlten.

Als sie jetzt im Morgengrauen nach Hause gingen, fragte sie:

»Was macht dieser Uzun?«

»Vor der Revolution war seine Familie sehr reich, und er konnte in Genf studieren. Dann wurde er Vizedirektor einer türkischen Bank, doch diese hat vergangene Woche Konkurs gemacht. Das wollte er mir mitteilen, als er mich beiseite nahm.«

»In Constanța weigerte er sich eisern, mir einen Champagner zu offerieren!«

Es war offenbar überall dasselbe, in Bukarest, Sofia, Izmir, Ankara, Stambul oder sonstwo. Hier wie dort glichen sich die Nachtlokale, die Tänzerinnen, sogar die Gäste.

Bei den Gästen gab es allerdings zwei Sorten, und Nouchi sah auf den ersten Blick, wer zu welcher gehörte. Es gab solche, die wirklich Geld hatten und sich amüsieren wollten; sie holten sich zwei oder drei hübsche Mädchen an den Tisch und tafelten und tranken, ohne die Flaschen zu zählen.

Und es gab solche wie diesen Uzun und Jonsacs gesamten Freundeskreis. Die kamen her, weil sie abends nichts zu tun hatten, setzten sich in eine Ecke, blieben so lange wie nur möglich und konsumierten die billigsten Getränke.

Deshalb erklärte sie jetzt:

»Sehr interessant sind deine Freunde nicht!«

Und deshalb war Uzun auch rot geworden, denn seine jetzige Armut machte ihm zu schaffen und die Szene in Constanţa war für ihn unangenehm gewesen: Nouchi wollte unbedingt, daß er Champagner bestellte, er weigerte sich, doch sie ließ nicht locker, worauf er mit betretener Miene das Lokal verließ.

»Von denen sind wohl alle blank?«

»Die Türken haben eine schlimme Krise hinter sich«, gab Jonsac zu bedenken.

Sie zuckte bloß die Schultern.

»Die Rumänen und die Bulgaren doch auch, und wir erst... Was heißt das schon, eine Krise!...«

Sie hatte für Armut und Arme nur Verachtung übrig, vielleicht weil sie sich an ihre Kindheit erinnert fühlte. War sie nicht selbst in Wien in eine regelrechte Hungersnot hineingeboren worden?

»Über die Botschaft mußt du interessantere Leute kennenlernen«, befand sie mit ihrer ruhigen Stimme.

Sie gingen weiter, und Nouchi ließ im Geiste die Nacht noch einmal Revue passieren.

Bei Avrenos waren sie am Schluß des Essens zu siebt oder acht gewesen, die Männer hatten sich allmählich an Nouchis Gegenwart gewöhnt und waren in ihr gewohntes Verhalten zurückgefallen.

Nur Uzun war abseits geblieben, doch er war offenbar immer so, er trug immer dasselbe Lächeln zur

Schau, das ironisch sein wollte und doch nur resigniert war.

Ihr gegenüber hatte Müfti Bey gesessen, der türkischste von allen; ohne Inbrunst hatte er eine Gebetskette aus großen rötlichen Bernsteinkörnern durch seine Finger gleiten lassen. Er war der Sohn einer berühmten Persönlichkeit der alten Türkei. Vor der Revolution hatte er mehrere Paläste am Bosporus und riesige Ländereien besessen.

Jetzt lebte er in einem möblierten Zimmer und zehrte nach und nach auf, was von dem Vermögen übrig war.

Ein Grandseigneur war er dennoch geblieben. Nouchi war aufgefallen, daß der magere Kerl mit dem Fuchsgesicht, der neben ihm saß, ihm die Wünsche von den Augen ablas.

»Wer ist das?« hatte sie Jonsac gefragt.

»Ein Albaner, ein ehemaliger Bandit, der während des Krieges mit einer Handvoll Männern ganze Regimenter in Schach gehalten hat. Jetzt lebt er bei Müfti Bey...«

»Ist er sein Diener?«

»Ja und nein. Er begleitet ihn ständig, flickt und wäscht, macht ihm das Bett, aber ein eigentlicher Diener ist er nicht.«

Außerdem waren da noch Tevfik Bey, ein Journalist ohne Vergangenheit, und ein langhaariger junger Mann, der Nouchi eröffnete, er sei Bildhauer, und sie fragte, ob sie Haschisch rauche.

Alle sprachen Französisch, nur ab und zu rutschten gleichsam aus Versehen ein paar türkische Wörter dazwischen, und das Mädchen bemerkte, daß Jonsac auch Türkisch sprach.

Es war eine eigenartige Nacht für sie gewesen, eine umgekehrte Nacht sozusagen, denn sie hatte außerhalb des Nachtlokals jene Menschen erlebt, mit denen sie sonst innerhalb am Tisch gesessen hatte.

»Was machen wir?« hatte Uzun gefragt, als die Gruppe am Fischmarkt angelangt war.

Es war zehn Uhr. Alle sahen sich an, wie sie sich wohl jeden Abend ansahen, zögernd, obwohl sie genau wußten, daß sie das Übliche tun würden, weil sie sich nichts anderes vorstellen konnten.

»Wir könnten rauchen gehen...« schlug der Bildhauer vor, dem man gleich gar nicht antwortete.

Nouchi sah sie miteinander flüstern und verschiedene Orte erwähnen, wobei sich Müfti Beys Albaner als Ratgeber betätigte.

»Vorgestern von der Polizei geschlossen worden!«

»Und in Galata?«

»Ebenfalls zu...«

Während dieser ganzen Zeit stand man auf der Straße, auf der sich Gestalten in einheimischer Kleidung vorbeidrängten.

»Diskutieren wir noch lange?« fragte Nouchi ungeduldig.

Sie machte eine weitere Beobachtung: Müfti Bey durchwühlte seine Taschen und gab dem Albaner Geld, doch es reichte anscheinend nicht, denn Jonsac mußte zuschießen.

Die Luft war lau. Man verließ das Gassengewirr und nahm auf der Brücke ein Taxi, um nach Pera zu fahren.

Es war die Zeit, um die in den Nachtlokalen die Tänzerinnen ihr Make-up auffrischen und die Musiker ihre Instrumente stimmen.

In der Grande Rue von Pera spielte sich das Nachtleben aller Provinzstädte ab, nur etwas ungezwungener, die in Gruppen gehenden Jungen drehten sich nach den Mädchen um und umgekehrt. Am Ende der Straße angelangt, wechselte man den Gehsteig und ging denselben Weg zurück.

Die Gruppe tat dasselbe. Müfti Bey kannte alle Welt und schüttelte im Vorbeigehen immer wieder Hände. Der Albaner war verschwunden, und Nouchi, die auf ihren hohen Absätzen nur mühsam vorankam, murmelte ungehalten:

»Worauf warten wir eigentlich?«

Sie war es leid, ständig dieselbe Strecke auf und ab zu gehen, zehnmal hin und her, und dabei immer wieder denselben Gesichtern zu begegnen.

»Sie sind Haschisch holen gegangen.«

Der Albaner war im Gassengewirr von Tophane verschwunden. Als er wiederkam, zeigte er unauffällig in der hohlen Hand einen kleinen braunen Klumpen.

Nun setzte ein neues Palaver ein. Es ging darum, wohin man zum Rauchen gehen sollte. Jemand schlug ein kleines Einheimischen-Café vor, und man ging wieder eine Gasse hinunter, die so steil war, daß eigentlich eine Treppe angebracht gewesen wäre. In den düsteren Hauseingängen ahnte man Menschen, die ein verschwiegenes Leben führten.

»Zu!« verkündete der Albaner, der auf die geschlossenen Läden wies.

In der Grande Rue hatte Nouchi zwei Nachtlokale ausgemacht, das ›*Chat noir*‹ und das ›*Tabarin*‹. Als sie am zweiten vorbeigingen, hatte gerade die Musik eingesetzt.

Es war noch nicht die Zeit für das Nachtlokal. Man schlenderte in den holprig gepflasterten Gäßchen umher und gelangte schließlich in die Neustadt, wo man ins Tiefgeschoß eines modernen Wohnhauses hinunterstieg.

Hier wohnte Selim Bey, der nicht bei seinen Freunden sein konnte, weil ihn das Rheuma plagte. Er stand in einer engen Küche und kochte Kaffee. Er war dick und nachlässig gekleidet, doch der Anblick einer Frau ließ ihn verschwinden und korrekt angezogen wiederkehren. Jonsac stellte ihn vor:

»Selim Bey, Botschaftsrat, der französischste und geistreichste Türke, den es gibt.«

Jonsac war entspannt in ihrer Gesellschaft, obwohl er seine Korrektheit und sein Monokel beibehielt. Nouchi nahm es ihm ein wenig übel, doch sie bemerkte, daß manchmal in einer Ecke leise verhandelt wurde.

Diese Männer, die alle zwischen dreißig und fünfzig waren, benahmen sich untereinander wie Studenten. In Selim Beys Wohnung machte sich jeder an die Arbeit, und bald schon stand eine Vielzahl von *meze* auf dem Tisch: türkische Vorspeisen, getrockneter Fisch, Hechtkaviar, sonderbare kleine Häppchen, gesalzen oder scharf gewürzt, die man zum Raki knabberte.

Uzun sprach Nouchi nicht ein einziges Mal an, doch seine Augen waren den ganzen Abend lang auf sie gerichtet, und sie lächelte. Sie lächelte auch, als Tevfik Bey, der Journalist, ihr einschenken wollte und vor lauter Eifer das Glas umstieß.

Der Albaner stopfte die Wasserpfeife. Das Mädchen sollte ebenfalls mitrauchen, doch beim ersten Zug mußte sie so husten, daß sie das Bernstein-Mundstück ausspuckte. Uzun griff sofort danach.

Es war nicht etwa eine Nacht der Ausschweifungen gewesen. Sie lagen einfach auf Diwanen herum oder saßen auf dem Boden, und bisweilen deklamierte jemand französische oder türkische Verse. Ein anderer antwortete mit Folgestrophen. Als der Bildhauer ein volkstümliches Klagelied anstimmte, stand Nouchi, die unbequem saß, auf und gab durch ihre Haltung zu verstehen, daß sie endlich gehen wollte.

»Wir könnten tanzen gehen«, schlug sie vor.

Niemand hatte etwas dagegen. Es kam nur etwas überraschend für die beiden, die hinter einem Vorhang Geldgeschäfte trieben, was Nouchi die Nase kraus und die Augen zusammenziehen ließ.

Man ließ die Geschäfte Geschäfte sein, folgte Nouchi zur Grande Rue von Pera und betrat dort gemeinsam das ›*Tabarin*‹, in dem außer den Tänzerinnen nur zwei Gäste saßen.

Jetzt war Nouchi selbst Gast. Als ihr die Weinkarte gebracht wurde, schob sie sie beiseite und sah den Kellner an.

»Bist du Ungar?« fragte sie.

Dann unterhielt sie sich auf ungarisch mit ihm, verhandelte über Preise und bestellte schließlich einen offenen Wein, der nur um die vierzig Francs kostete.

Jonsac, an eine Begleiterin noch nicht gewöhnt, wirkte ziemlich täppisch und schien immer wieder über das Mädchen zu staunen.

Was war dann noch gewesen? Nichts mehr. Der Bildhauer hatte auch im ›*Tabarin*‹ Haschisch geraucht, er hatte es in den Tabak gekrümelt, aus dem er seine Zigaretten rollte. Am Schluß war sein Blick leer gewesen, und es war ihm nichts Besseres eingefallen, als einen Spaziergang auf dem Friedhof von Eyüp vorzuschlagen.

Das Nachtlokal lief nicht. Nouchi war nicht entgangen, wie unlustig der Besitzer und wie resigniert die Frauen waren, die, weil sie schon nicht mehr mit Gästen rechneten, an einem Tisch zusammensaßen. Die Tischtücher waren fleckig. Als das Mädchen Obst bestellte, mußte man erst welches besorgen.

Irgendwann gähnte sie, und man ging...

Das war alles gewesen...

»Nouchi...«

Keine Antwort. Im Zimmer des ›*Pera Palas*‹ zog Nouchi sich aus. Sie hatten kein Licht angezündet, weil in den Fensterscheiben schon das trübe Weiß des Morgenlichts schimmerte. An ein Möbel gelehnt, sah Jonsac seiner Gefährtin zu, wie sie ihr Kleid über den Kopf streifte.

»Was ist?« fragte sie ungehalten.

»Ich wollte dich fragen..., wie du dir es eigentlich denkst.«

»Und du?«

Er wußte keine Antwort darauf. Und als sie sich

auf die Bettkante setzte, um die Strümpfe auszuziehen, fragte er sich, ob nun er es gewesen war, der sie mitgenommen, oder ob im Gegenteil nicht sie ihn zum Anhängsel gemacht hatte.

Wie war es eigentlich dazu gekommen? Er konnte es schon nicht mehr sagen. Warum befanden sie sich beide hier in diesem gemeinsamen Zimmer, wo doch keinerlei Bindung zwischen ihnen bestand?

Seine Freunde hatten ihn gefragt, ob Nouchi seine Mätresse sei, und er hatte ja gesagt. Doch er begann zu ahnen, daß dies vielleicht nie wahr sein würde.

»Liebst du mich nicht?«

»Was meinst du damit? Würdest du dich kurz umdrehen, bitte?«

Er gehorchte, und als sie ihm wieder erlaubte zu schauen, trug sie einen Schlafanzug, dessen Hose ihre Schenkel und Hüften noch schmächtiger aussehen ließ.

»Wenn du mich loswerden willst«, sagte sie, »brauchst du es nur zu sagen. Ich finde mich schon zurecht.«

Sie waren beide gleichermaßen müde, und von der Müdigkeit hatten sie dasselbe flaue Gefühl in Brust und Gliedern wie nach übermäßigem Alkoholgenuß. Nouchi legte sich ins Bett und kuschelte den Kopf ins Kissen.

»Ich wollte dir nicht wehtun, als ich mich über deine Freunde äußerte. Aber sie sind wirklich nicht interessant. Wer hat im ›*Tabarin*‹ bezahlt?«

»Ich.«

»Siehst du! Und für das Haschisch hast du auch Geld gegeben!«

»Müfti Bey hat mitbezahlt.«

Sie schwieg. Er unterließ einen neuen Versuch, sich ihr zu nähern, weil er wußte, wie sie dann sofort reagieren würde.

»Hör zu, Nouchi...«

»Ich höre zu.«

»Du kannst dir sicher selbst denken, daß ich nicht mit dir zusammenleben kann, ohne...«

»Sei still!«

Ihr Ton war gelangweilt.

»Wenn du das Thema noch einmal anschneidest, ist es aus zwischen uns. Verstehst du denn nicht? Mich ekelt vor den Männern, oder zumindest vor...«

Sie stützte einen Ellbogen auf das Kissen auf und legte das Kinn in die Hand.

»Meinetwegen kannst du gern zu anderen Frauen gehen, wenn es dich ankommt...«

Jonsac hatte immer noch das Monokel auf, die tadellose Bügelfalte an seiner Hose und die weißen Gamaschen verliehen ihm das Aussehen eines selbstsicheren feinen Herrn. Doch Nouchi ließ sich nichts vormachen. Hatte sie sich jemals etwas vormachen lassen? Sie sah ihn anerkennend an, mit einer Spur Herablassung im Blick:

»Du siehst gut aus!« sagte sie wie zu sich selbst.

Dann wurde sie plötzlich ernst, als würde sie zur Sache kommen:

»Was machst du eigentlich in der Botschaft?«

Sie sah ihn unsicher werden, fast erröten.

»Eines Tages werde ich es so oder so erfahren!«

»Ich leiste bestimmte Dienste.«

»Kleinere! ... Was kriegst du dafür?«

»Tausend Francs im Monat.«

Er hatte lügen und eine beeindruckende Zahl nennen wollen, doch die Wahrheit war ihm regelrecht entschlüpft.

»Ist das alles?«

»Ich habe andere Einkünfte ...«

Nouchis Blick wanderte zu den Schuhen hinunter, die nun wirklich nichts vormachen konnten, denn sie waren abgetragen und wurden nur durch das Weiß der Gamaschen etwas aufgewertet.

Insgesamt paßte alles zu Avernos' Restaurant mit diesem Uzun, Vizedirektor einer Konkurs gegangenen Bank, und diesem Müfti Bey, den die Revolution ruiniert hatte.

»Ist Jonsac dein richtiger Name?«

Er zog es vor, die Frage nicht zu beantworten, und sie bestand nicht weiter darauf.

»Schlaf jetzt«, sagte sie. »Die Sonne geht auf. Wenn du mich nicht mehr haben willst, sagst du es mir morgen früh oder vielmehr heute vormittag. Ich bin müde ...«

Sie schloß die Augen, sie wollte schlafen. Mit bleiernen Lidern ging Jonsac ins Bad und kam im Morgenmantel über dem Schlafanzug wieder. Er beugte sich über das Bett, sah Nouchi an, die zu schlafen schien, beugte sich tiefer, um ihr die Stirn zu küssen.

Mit geschlossenen Augen murmelte sie, als würde sie schon träumen:

»Weißt du, sehr interessant sind deine Freunde nicht ...«

3

Als Jonsac die Augen aufschlug, sah er neben sich ein leeres, von der Sonne erwärmtes Bett, und er brauchte eine Weile, bis er sich wieder das Leben zu zweit vergegenwärtigt hatte, das er erst wenige Tage führte. Er richtete sich so jäh auf und blickte so erschrocken um sich, daß er die in einer dunkleren Ecke stehende Nouchi gar nicht bemerkte.

Sie kicherte, und er brachte in seiner Verlegenheit bloß hervor:

»Bist du schon angezogen?«

»Es ist Mittag.«

Sie hatte schon ihr schwarzes Kostüm an und war eben dabei, sich vor dem Spiegelschrank ihren grünen Hut aufzusetzen.

»Hattest du Angst, ich sei einfach verschwunden?«

Statt zu antworten, fragte Jonsac mißlaunig:

»Wohin gehst du?«

Durch das weitoffene Fenster drang der Straßenlärm herein. Nouchi war frisch und munter, Jonsac hingegen streckte noch ganz schlaftrunken die Hand nach dem Wasserglas aus.

»Ich bin mit Müfti Bey verabredet«, verkündete sie seelenruhig.

»Wie? Mit Müfti Bey? Wann habt ihr das ausgemacht?«

»Gestern abend auf der Grande Rue, als wir ein Stück hinter euch gingen. Er sagte, er habe ein paar sehenswerte türkische Objekte, die er mir zeigen wolle. Auch der Bildhauer hat mich zu sich eingeladen. Er wohnt in einer alten Moschee am Bosporus.«

Sie spitzte neckisch die Lippen, er blieb die Antwort schuldig und wartete darauf, daß sie sich umdrehte, damit er aufstehen und den Morgenmantel anziehen konnte.

»Du hast sicher in der Stadt zu tun«, sagte sie. »Wir treffen uns am Nachmittag wieder hier.«

Sie war schon über die Schwelle, als sie noch einmal den Kopf durch die Tür streckte und meinte:

»Mach dir nichts draus. Müfti Bey ist harmlos!«

Eine Viertelstunde später schlenderte Jonsac allein durch die Straßen von Pera in Richtung Botschaft. Müfti wohnte ganz in der Nähe, im selben Gebäude wie der dicke Selim Bey, bei dem sie einen Teil der Nacht verbracht hatten. Er war versucht, dorthin zu gehen, doch er wollte sich nicht lächerlich machen und setzte seinen Weg durch die belebten Straßen fort, in denen ihn immer wieder Straßenbahnen zwangen, auf den engen Gehsteig auszuweichen.

Zweimal stieß er Passanten an und stammelte Entschuldigungen. Seine Stirn war voller Falten, sein Blick unstet, seine Finger zuckten nervös.

Was konnte überhaupt passieren? Ja, was konnte eigentlich passieren? Und wie war alles gekommen? War er es gewesen, der Nouchi mitnehmen und mit ihr leben wollte? Oder war sie es gewesen, die sich an ihn gehängt hatte?

Dazu diese Fragerei nach Geld und Beruf! Sie hielt ihn für einen Abenteurer, das war klar. Sie wollte nicht einmal glauben, daß Jonsac sein wirklicher Name sei!

Er durchschritt den Park der Botschaft, ging an den Dienern vorbei, klopfte im zweiten Stock an eine kleine Tür und betrat das Büro des Botschaftsrats.

Sein Monokel, seine hohe Statur, seine vollkommene Korrektheit bestimmten noch immer sein Erscheinungsbild. Er streckte sogar mit einer gewissen Vertrautheit dem jungen Mann hinter dem Mahagonischreibtisch die Hand hin. Doch es war eine respektvolle Vertrautheit, und er setzte sich erst, als er dazu aufgefordert wurde.

»Ich darf Sie einen Moment um Geduld bitten ...«

Der junge Mann beendete eine begonnene Arbeit und telefonierte anschließend, derweil Jonsac schweigend, den Hut auf den Knien, wartete.

Endlich raffte der Botschaftsrat einige Papiere zusammen und steckte sie in einen gelben Umschlag, den er dem Besucher hinstreckte.

»Sie sehen selbst, was es ist ... Übrigens, da will ein Journalist aus Paris vom Ghasi empfangen werden. Wann kommt er?«

»Er wird stündlich erwartet.«

»Versuchen Sie, eine Audienz zu bekommen.«

Wie jeden Vormittag öffnete der Botschaftsrat eine Zigarrenkiste, und Jonsac bediente sich daraus, bevor er wieder ging.

Ein Dragoman war er! Er betrieb weder Spionage noch irgendwelche dunkle Geschäfte, und er war auch kein Dieb.

Er war eine Art Botschaftsdolmetscher und gleichzeitig eine Art Kommissionär in dem Sinne, daß man ihn mit den verschiedensten kleinen Aufträgen zu den türkischen Behörden schickte.

Jetzt zum Beispiel begab er sich zur Vilayet, zum Polizeipräsidium. Dorthin mußte er am öftesten, und er kannte sämtliche düsteren Gänge dieses großen Gebäudes, sämtliche Türen, sämtliche Büros.

Eines von ihnen, einen nüchternen, banalen Raum, betrat er jetzt. Drinnen gab er dem Leiter der Ausländerabteilung die Hand.

Hier konnte er sich unaufgefordert setzen. Der Kommissar betätigte eine elektrische Klingel, worauf alsbald ein Junge mit zwei Tassen türkischem Kaffee erschien.

»Ist es heiß in Ankara?«

»Heißer als hier. Wird der Ghasi immer noch heute oder morgen erwartet?«

Der Beamte war ein Mann um die Fünfzig, ergraut, in dunklem Konfektionsanzug mit Krawatte von der Stange, und man hätte ihn nicht für einen Türken gehalten, wäre da nicht die Bernsteinkette an seinem Handgelenk gewesen, deren Perlen er während des Gesprächs ein ums andere Mal zu zählen schien.

»Man weiß nie, wann der Ghasi kommt. Seine Jacht steht jedenfalls seit acht Tagen unter Dampf, um ihn jederzeit in Haydar Paşa abholen zu können.«

Jonsac hatte den gelben Umschlag geöffnet, sein Gesprächspartner nahm die Papiere entgegen und überflog sie. Es waren Anträge des neu angekommenen Journalisten, der um eine Aufenthaltsgenehmigung, eine Bahnfahrkarte und den ermäßigten Tarif für Telegramme nachsuchte.

»Glauben Sie, daß Mustafa Kemal ihn empfängt?«

Der Beamte antwortete mit einer unbestimmten, salbungsvollen Geste.

»Kommen Sie morgen noch einmal vorbei.«

Das wäre eigentlich alles gewesen. Doch es lag in der Luft, daß der Türke noch etwas anderes zu sagen hatte. Zunächst hielt er seinem Gesprächspartner das Zigarettenetui hin und gab ihm Feuer.

»Ich hatte heute vormittag eine Besprechung mit dem Präsidenten«, begann er, sich im Stuhl zurücklehnend und immer weiter an seiner Bernsteinkette drehend. »Ihr Besuch kommt mir sehr gelegen.«

Es folgte eine lange Pause. Durch das offene Fenster sah man zwei Polizisten einen Gefangenen in Handschellen abführen. Zu dritt durchquerten sie den stillen, besonnten Hof.

»Ich glaube, Sie kennen eine ungarische Tänzerin, deren Akte mir gerade vorliegt.«

Jonsac hatte lange genug in der Türkei gelebt, um ruhig sitzen zu bleiben und abzuwarten.

»Wie Sie wissen, dürfen Ausländer seit einem Monat bestimmte Berufe bei uns nicht mehr ausüben. Betroffen sind unter anderem Tänzerinnen, Friseure und Handpflegerinnen. Die fragliche Person hat Ankara in dem Moment verlassen, als ihr die Ausweisungsverfügung zugestellt werden sollte.«

Jonsac versuchte, Haltung zu bewahren, doch er war rot geworden, und er wußte, daß der Polizeibeamte es bemerkt hatte.

»Und wenn sie ihren Beruf nicht mehr ausübt...« fragte er versuchsweise.

»Dann um so schlimmer. Genau das habe ich auch den Präsidenten gefragt. Für einen Aufenthalt in der Türkei ohne regulär ausgeübten Beruf muß der Beweis erbracht werden, daß ausreichende Einkünfte vorhanden sind...«

Jonsac wußte seit langem, daß die Polizei gut organisiert war und jeder Ausländer ab seiner Ankunft überwacht wurde. Man wußte also sowohl, daß er Ankara in Begleitung Nouchis verlassen hatte, als auch, daß sie im ›*Pera Palas*‹ im gleichen Zimmer wohnten.

Hier brauchte er sich nicht zu verstellen. Hier war er ein bloßer Dragoman, der Dragoman der französischen Botschaft. Er nahm sogar sein Monokel ab, um sich den Schweiß vom Gesicht zu wischen, und er blinzelte ein paarmal wie ein Kurzsichtiger.

»Ich habe natürlich den Präsidenten gefragt, ob es eine Möglichkeit gebe, die Angelegenheit zu regeln. Früher wäre es überhaupt kein Problem gewesen, aber Sie wissen, wie der Ghasi auf die Einhaltung der Vorschriften pocht.«

Jonsac reagierte nicht. Er war wie versteinert. Jetzt wurde ihm erst bewußt, wie sehr er bereits an der Tänzerin hing. Er sah sich schon vor die Notwendigkeit gestellt, mit ihr wegzuziehen, nochmals in ein anderes Land.

Der Leiter der Ausländerbehörde bemerkte es ebenfalls, obwohl er ständig wegzusehen schien. Er blieb vollkommen ruhig und höflich, und sein verbindlicher Tonfall vermied jeglichen Nachdruck.

»Die Besprechung mit meinem Vorgesetzten ergab ...«

Jonsac hob den Kopf. Er versuchte erst gar nicht, die Mischung von Verzweiflung und Hoffnung vor dem Beamten zu verbergen.

»... daß dieses Mädchen nur dann weiterhin in der Türkei bleiben kann, wenn es legal eine Person heiratet, die selbst zum Aufenthalt berechtigt ist ...«

Der Beamte erhob sich, gab dem Besucher die Hand und geleitete ihn zur Tür.

»Was die Ausweisungsverfügung betrifft«, fügte er hinzu, »so wird sie in den nächsten zwei oder drei Wochen nicht vollzogen.«

Jonsac ging durch die staubige Mittagshitze, als tappte er in einer Wolke herum. Er wußte nicht mehr, wo ihm der Kopf stand. Alles kam ihm unwirklich vor.

Zum Beispiel befand sich Nouchi zur Stunde in Müfti Beys Wohnung, wo wahrscheinlich der Albaner auf dem Gaskocher ein Essen zubereitete.

Gleichwohl wies Jonsac den Gedanken an eine Heirat, wie ihn der Beamte vorsichtig angedeutet hatte, nicht von sich.

Es war heiß. Schatten gab es nur in den engen Gassen, wo sich die Einheimischen drängelten. Jonsac mußte sich zwischen Lastenträgern, Eseln, Säcken und Kisten durchzwängen, die von den überquellenden Läden bis mitten auf die Straße hinaus reichten.

»Ich muß mit ihr reden«, beschloß er plötzlich.

Er beschleunigte den Schritt und ging zu Fuß zum ›*Pera Palas*‹, wo er sich in der kühlen Bar auf einen

Hocker setzte. Er hatte noch nichts gegessen, doch er begnügte sich mit Mandeln, die er zum Raki knabberte.

Um zwei Uhr war Nouchi noch nicht zurück. Um drei Uhr saß Jonsac immer noch an der Bar, mit etwas schwerem Kopf von den vier oder fünf Gläsern Alkohol, die er getrunken hatte.

»Na, nicht in Form heute?«

Jonsac fuhr zusammen und drehte sich ruckartig um. Vor ihm stand Graf Stolberg, in Begleitung eines weißgekleideten Mädchens. Zuerst nahm er beide nur verschwommen wahr. Jonsac war so in seine Gedanken versunken, daß er wie aus dem Schlaf aufschreckte, und das Mädchen verbarg nur mit Mühe ein Schmunzeln.

»Warten Sie auf jemanden?« fragte Stolberg.

»Nein ...«

»Dann trinken Sie ein Gläschen mit uns?«

Er machte bekannt:

»Bernard de Jonsac, von der französischen Botschaft. Fräulein Leyla Pastore, eine der hübschesten Bewohnerinnen Peras ...«

Es war eine Hotelbar wie jede andere, mit dem einzigen Unterschied, daß die Wände mit schweren Orientteppichen behängt waren. Die Sessel waren tief, die Mahagonimöbel dunkel und edel, der Barmann verschwiegen.

»Haben Sie schon ihre Freunde getroffen, seit Sie aus Ankara zurück sind?«

»Vergangene Nacht sind wir miteinander ausgegangen.«

Stolberg kannte sie alle ebenfalls. Er machte bei der Gruppe mit, ohne ihr anzugehören. Er war groß, hellhäutig, blond, um die dreißig, und sein Vater, der ehemalige schwedische Botschafter, hatte ihm ein Yali am Bosporus hinterlassen.

Stolberg hatte kein großes Vermögen, doch er konnte davon leben, ohne arbeiten zu müssen, und er stieß oft zur Clique um Müfti Bey, Selim, Uzun und den anderen.

»Ist Selim Bey noch dicker geworden?«

»Ja.«

»Haben Sie geraucht?«

»Ein wenig.«

»Haben Sie es schon ausprobiert?« fragte er das Mädchen.

Sie war ebenso groß wie Stolberg und trug ein weißes Flanellkostüm, das sie offenbar in Paris hatte machen lassen. Im Augenblick überlegte Jonsac nicht, ob sie schön sei oder nicht. Er empfand nur ein Gefühl von Eleganz, von Luxus. Das Gespräch schleppte sich dahin.

»Wir könnten ein nächtliches Treffen bei mir veranstalten«, schlug Stolberg zu Leyla gewandt plötzlich vor. »Würden die Eltern Ihnen erlauben zu kommen?«

»Sie lassen mich tun, was ich will. Ich bin dreiundzwanzig!«

»Hätten Sie Lust auf eine original türkische Nacht? Jonsac, Sie müßten in diesem Fall unsere Freunde benachrichtigen. Warten Sie... Heute ist Mittwoch... Sagen wir Freitag? Ich möchte Sie lediglich bitten, sich um die Musiker zu kümmern...«

In diesem Moment kam Nouchi herein. Der Portier hatte ihr mitgeteilt, daß sie in der Bar erwartet würde.

Ohne Zögern und völlig ungezwungen ging sie auf die Gruppe zu und wartete, daß Jonsac sie vorstellte.

»Fräulein Nouchi, eine Freundin...«

Sie setzte sich und bestellte ein gekühltes Getränk. Ihr Blick blieb an Leylas Handtasche hängen, die auf dem Tisch lag und deren Verschluß aus Platin war.

»Wohnen Sie in Stambul?« fragte Stolberg, um irgend etwas zu sagen.

»Ich denke, daß ich fortan hier wohnen werde.«

Nach einer Viertelstunde – Jonsac hätte nicht sagen können, wie es dazu gekommen war – verstand sie sich bestens sowohl mit dem Schweden als auch mit Leyla. Letztere gab ihr die Adresse einer Schneiderin, die jedes Jahr zweimal nach Paris fuhr, um neue Modelle zu holen, und die beiden Mädchen beschlossen, am nächsten Tag ohne Männerbegleitung zusammen essen zu gehen.

Das Paar verabschiedete sich, und Jonsac mußte sich anstrengen, um sich in die Stimmung zurückzuversetzen, in der er auf Nouchi gewartet hatte. In dieser vornehmen Hotelbar wogen die Worte des Kommissars weniger schwer, vor allem bei einem Mann, der inzwischen beim sechsten Raki angelangt war.

»Ich muß mit dir reden. Gehen wir hinauf...«

»Können wir nicht hier reden?«

Die Bar war leer. In sechs oder sieben Metern Entfernung machte der Barmann, mit dem Bleistift säuberliche Ziffern malend, seine Abrechnung.

Jonsac zuckte die Schultern. Hier oder anderswo, es spielte im Grunde keine Rolle.

»Übrigens tritt heute abend in irgendeinem Park

eine große türkische Sängerin auf. Müfti Bey lädt uns ein.«

Mit einer Handbewegung fegte Jonsac Müfti Bey aus seinen Gedanken.

»Wir müssen ernsthaft miteinander reden«, sagte er. »Wir haben nämlich in den nächsten Stunden eine Entscheidung zu treffen. Du hast mich gefragt, was ich mache...«

»Ich weiß es inzwischen.«

»Was weißt du?«

»Daß du Dragoman bei der Botschaft bist.«

»Wer hat es dir gesagt?«

»Deine Freunde, letzte Nacht. Ich weiß auch, daß du wirklich de Jonsac heißt, daß du offenbar sogar Vicomte bist und ein altes Herrenhaus in der Dordogne besitzt.«

»Das Haus ist eine Ruine.«

»Aber der Bauernhof nicht, der dir einige tausend Francs im Jahr einbringt.«

Sie genoß seine Verwirrung. Genau das, was sie ihm jetzt sagte, hatte er ihr auch gestehen wollen, nur etwas anders.

»Und das alles haben dir meine Freunde...«

»Ich habe dir gesagt, daß sie nichts taugen. Müfti Bey hat mir vor einer Stunde eine Liebeserklärung gemacht, und hätte ich ihn nicht schallend ausgelacht, so hätte er es wahrscheinlich mit Gewalt versucht. Der Albaner hätte wohl den Wachhund gespielt.«

»Nouchi...«

»Was?«

Ja, was wollte er eigentlich? Was konnte er sich erhoffen? Er war nicht der Abenteurer, den sie sich vorgestellt hatte. Er war nichts als ein kleiner Landjunker, der nicht von seinem Vermögen leben konnte und deshalb mit seinen Sprachkenntnissen deinen Lebensunterhalt zu verdienen versuchte. In Berlin hatte ihn eine Untersuchungskommission engagiert. In Budapest hatte man ihn zum stellvertretenden Direktor eines Landmaschinenhandels gemacht, doch es hatte in einem Desaster geendet.

Jetzt war er Dragoman und...

Die Ellbogen auf den Tisch gestützt und das Kinn auf die gefalteten Hände gelegt, sah Nouchi ihm lächelnd in die Augen. Er geriet immer mehr aus der Fassung. Er wußte nicht, was er sagen sollte. Nur die eine Gewißheit hatte er: Er wollte nicht wieder allein sein.

»Hör zu...« begann er.

»Willst du mir eine Szene machen? Laß dir gleich gesagt sein, daß ich auf meiner völligen Freiheit bestehe, genauso wie ich dir völlige Freiheit lasse. Das Mädchen zum Beispiel, das eben hier war, hat dich andauernd angestarrt...«

»Das ist mir egal.«

»Erstens ist das nicht wahr, weil du kaum das Lächeln unterdrücken kannst und man dir ansieht, wie wohl es dir tut. Und zweitens wärst du schön blöd, denn ich bin sicher, daß sie aus einer reichen Familie kommt.«

»Außerdem?«

»Nichts! Was hast du mir zu sagen?«

»Ich war bei der Polizei...«

Sie zog die Nase kraus und hob die Brauen an, ihre

Pupillen rückten zusammen. Seit ihrer Kindheit hatte sie ständig mit der Polizei zu tun...

»Was wollen die schon wieder?«

»Du bist illegal.«

»Ich weiß. Und?«

»Es liegt ein Ausweisungsbefehl vor.«

Jetzt geriet Jonsac plötzlich in Fahrt, er sprach Sätze, die er nicht vorbedacht hatte, und fällte Entscheidungen, die er kaum überlegt hatte.

»Hab keine Angst... Meine Besprechung mit dem Chef der Ausländerbehörde hat folgendes ergeben... Wenn du jemanden heiratest, der in der Türkei aufenthaltsberechtigt ist, so...«

Er hielt inne. Nouchis Gesicht war völlig verändert. Zum ersten Mal drückte es eine wirkliche Gemütsbewegung aus. Ihre Hände gingen auseinander. Eine Hand kam über den Tisch und ergriff Jonsacs Hand.

»Sei still!«

Auch er war plötzlich ganz gerührt, und es war ihm gleichgültig, daß der Barmann hersah.

»Ich fange morgen mit den Formalitäten an... Ich habe mich noch nicht erkundigt, aber so schwer kann es nicht sein...«

Mit gesenktem Kopf blickte Nouchi jetzt auf die Tischplatte, auf der sich die zierliche Form eines Kristallglases abhob. Schweigen trat ein. Jonsac behielt gedankenverloren die Hand des Mädchens in der seinen.

»Warum tust du das?«

»Darum!«

»Und wenn ich nicht heiraten will?«

Ihre Rührung war schon wieder verflogen. Sie hob den Kopf und zeigte ein angestrengt nachdenkliches Gesicht.

»Bitte...« murmelte er.

»Und wenn dann aber kein Mensch wissen soll, daß ich verheiratet bin?«

»Dann brauchen wir es bloß nicht herumzuerzählen.«

»Und wenn...«

Er erriet es und machte ein saures Gesicht.

»Warum?«

Ja, warum lebte sie mit ihm zusammen und verweigerte ihm, was sie, nahm man sie beim Wort, anderen gewährt hatte?

»Ich will nicht.«

»Nie?«

»Ich sage nicht nie. Ich sage nur: jetzt nicht. Du siehst also, daß du unmögliches Zeug daherredest...«

Sie stand auf, durchschritt die Bar und die Eingangshalle und schloß sich im Aufzug ein, der nach oben schnellte. Jonsac war ihr zögernd nachgegangen, und als der Aufzug wieder herunterkam, nahm er ihn ebenfalls.

Er hatte schon befürchtet, die Tür abgesperrt zu finden, doch sie ließ sich ohne weiteres öffnen. Nouchi lag auf dem Bett und blickte zur Decke. In flehendem Ton sprach er sie an, doch sie rührte sich nicht.

Da begann er, im Zimmer auf und ab zu gehen und ihr mehr oder weniger auf gut Glück einen Vortrag zu halten. Beim Sprechen wurde ihm zwar deutlicher, was er fühlte, doch er fand nicht die richtigen Worte.

»Deine Freunde sind nicht interessant!« hatte ihr Verdikt gelautet.

Nun stellte er fest, daß es stimmte. Sie hatte ihn dazu gebracht, über sehr vieles nachzudenken, und vor allem über sich selbst. Wie seine Freunde, so war auch er irgendwie auf der Strecke geblieben, und mit Vierzig lebte er immer noch wie ein Student in den Tag hinein.

Nein, das stimmte auch nicht ganz... Es war viel komplizierter als das...

Er hatte immer ein Junggesellenleben geführt, und ganz plötzlich, nur ein paar Stunden lang, hatte er das Leben zu zweit gekostet...

Und außerdem...

Noch andere Gefühle, Gedanken und Erkenntnisse wirbelten in seinem Kopf herum, doch sie ließen sich alle auf die eine Tatsache zurückführen: Er wollte nicht mehr von Nouchi weg, oder vielmehr wollte er nicht, daß sie ihn verließ!

Er flehte sie an. Er versprach ihr:

»Du hättest jegliche Freiheit. Ich schwöre dir, daß ich dir jegliche Freiheit lasse...«

Sie blickte immer noch zur Decke.

»Du sprachst von einer Wohnung an den Gärten von Taksim. Wir werden eine mieten, ich werde das nötige Geld beschaffen.«

»Wie?« fragte eine ruhige Stimme.

»Was weiß ich? Es wird sich schon etwas finden.«

Er brauchte sie, das war ihm klar. Er war bereit, alles zu versprechen, jeden Schwur zu tun.

»Warum heiratest du nicht das Mädchen, das wir vorhin kennengelernt haben?«

Als er nur wortlos die Schultern zuckte, fügte sie sehr ernst hinzu:

»Du könntest es tun, wenn du wolltest. Und du solltest es tun.«

»Aber, Nouchi!«

»Was ist denn dabei?«

»Wir heiraten. Wir sagen es niemandem. Und es bleibt alles beim alten.«

Sie setzte sich auf den Bettrand und warf die Haare zurück.

»Du wirst unglücklich sein.«

Sie mußte lachen, weil er hochrot angelaufen war und dadurch ganz anders aussah. Er glich jetzt weniger einem vornehmen, steifen Herrn als einem kleinen Jungen, dem die Tränen zuäußerst stehen.

»Gut, heiraten wir«, sagte sie schließlich in einem Ton, als hätte sie angekündigt:

»Wir wollen heute abend ins Kino.«

»Wirklich?«

Er ging auf sie zu und wollte ihre Hände fassen, doch sie stand auf und strebte dem Bad zu.

»Wir müssen uns fertigmachen. Müfti erwartet uns um sechs unten an der Bar. Ich werde wohl nach Wien schreiben müssen, wegen der Geburtsurkunde.«

Sie wechselte vor ihm das Kleid. An ihrer Miene war abzulesen, daß sie an die vielen ärgerlichen Formalitäten dachte.

»Wahrscheinlich braucht es auch die Einwilligung meiner Mutter, und ich muß nach Beirut schreiben, weil sie mit der Truppe unterwegs ist. Sie begleitet meine vierundzwanzigjährige Schwester.«

Sie sprach weiter, während sie sich vor dem Spiegel schminkte, und unterbrach sich nur, als sie die Lippen nachzog.

»Einmal in diesem Constanţa, wo ich deinen Freund, den Bankier, kennengelernt habe... Wie heißt er noch?«

»Uzun.«

»Ja... Einmal haben zwei bessere Herren, deutsche Unternehmer auf Geschäftsreise, meine Schwester und mich zum Abendessen eingeladen... Es war auf der Terrasse des Restaurants am Hauptplatz, den Namen habe ich vergessen... Sie wollten uns imponieren und bestellten teure Sachen, Kaviar, Austern, Champagner... Meine Mutter, die sie nicht kannten, saß am Nebentisch und aß wie jeden Abend ein Sandwich... Irgendwann zeigte einer der beiden auf sie und sagte:

›Wenn ich mir vorstelle, daß die alte Ziege früher vielleicht mal hübsch war!‹

Meine Schwester und ich haben uns angeschaut...«

»Und dann?« fragte Jonsac.

»Nichts. Die Rechnung belief sich auf dreitausend Lei...«

4

Um Mitternacht hatte Jonsac stechendes Kopfweh und vor allem wieder das Gefühl, den Boden unter den Füßen zu verlieren. Mindestens zehn Mal war er schon von der Terrasse am Wasser zur Terrasse im ersten Stock gewandert, und jedesmal hatte er einen verstohlenen Blick in sämtliche Zimmer geworfen. Jetzt tat er es wieder.

Es war, wie Stolberg es angekündigt hatte, eine richtige Bosporusnacht mit all ihrer Lauheit, Pracht und Erbärmlichkeit, mit ihren Düften und Modergerüchen. Wie in der Stambuler Landschaft insgesamt, so war auch hier die Romantik in vielem zu gewollt, doch es gab auch einige wirklich kostbare Momente, an deren Zustandekommen der Mensch keinen Anteil hatte.

Das Yali des Schweden, ein Holzhaus wie alle alten Yali, lag unmittelbar am Bosporus, und wenn die im Kayik ankommenden Gäste an Land gingen, standen sie schon fast auf der Schwelle des Vestibüls. Das tiefe Wasser war so kristallklar und ruhig, daß man bis auf die Grundfelsen sah, zwischen denen Fische gemächlich umherschwammen.

Die Kulisse, besonders aber die Größe des Hauses, hatten Nouchi beeindruckt. Bei ihrer Ankunft hatte Stolberg auf der großzügig bemessenen Stufe gestanden, die als Anlegestelle diente. Er trug einen grauen

Zweireiher, und die Aureole der hinter ihm untergehenden Sonne ließ ihn noch blonder, noch unnahbarer, noch grandseigneurhafter erscheinen.

Was war anschließend geschehen? Jonsac hatte einige Mühe, seine Erinnerungen zu ordnen, er war zu angewidert und zu erregt zugleich. Vielleicht war er auch ein wenig betrunken, doch nicht so, daß es ihn am Denken hinderte.

Erst war der Sonnenuntergang gewesen... Die Gäste hatten sich auf der Terrasse versammelt... Um den Stil zu wahren, hatte Stolberg keine Sessel bereitgestellt, sondern scheinbar wahllos Kissen auf dem Marmorboden verteilt...

Alles saß durcheinander, Selim Bey deklamierte Verse, Uzun lag Nouchi zu Füßen, Müfti hatte außer Leyla auch den Bildhauer und dessen Bruder, ein richtiges Kalmückengesicht, mitgebracht. Auch Tevfik Bey war da, außerdem zwei oder drei junge Männer, die Jonsac nicht kannte.

Jenseits des Bosporus entfaltete Konstantinopel vor glutrotem Himmel seine Pracht von Minaretten und Kuppeln.

Dann spielten die beiden Musiker, die Jonsac engagiert hatte, auf sonderbaren Gitarren eine wehmütige Melodie mit einem ständig wiederkehrenden Motiv, das irgendwann dem Summen in der Luft angehörte.

Segelkähne glitten über den Bosporus. Handelsschiffe ankerten vor dem Hafen, und ihr oranger Menningeanstrich wurde in der Abendsonne blutrot. Stolberg kredenzte persönlich den Raki, den man zwischen zwei scharfen Vorspeisen in einem Zug zu leeren hatte.

Großzügigkeit hatte den ersten Teil des Abends bestimmt. Nouchi war dafür besonders empfänglich gewesen und hatte Stolbergs Nähe gesucht.

Der zweite Teil spielte sich im Eßzimmer beim Kerzenlichtdinner ab. Mindestens hundert Flammen erhellten mit ihrem trägen Geflacker den Tisch und die Gesichter. Nouchi hatte sich ganz selbstverständlich neben Stolberg gesetzt, weit entfernt von Jonsac, der Leyla zur Tischnachbarin hatte.

Der Tisch war lang. Nur gelegentlich bekam Jonsac das lebhafte Gesicht der Tänzerin zu sehen oder, da neben ihm Selim Bey für Leyla Gedichte rezitierte, ihr Lachen zu hören.

Von dieser Phase blieb noch etwas anderes haften: Das Mädchen in Weiß blickte nicht zu Nouchi hinüber, wenn diese auflachte, sondern sah neugierig Jonsac an.

Was war ihr gesagt worden? Daß sie ein Liebespaar seien? Oder gute Freunde?

Der dicke Selim Bey hielt sie zum Trinken an, und sie machte mit.

»Ihre Freundin ist wirklich entzückend«, sagte Leyla plötzlich zu Jonsac. »Wir haben gestern zusammen einen Spaziergang gemacht, und ich habe selten solchen Spaß gehabt.«

Unter sonst lauter Männern waren sie die einzigen Frauen, allerdings vom Typ her sehr verschieden. Leyla war Einzelkind, Tochter einer reichen, seit drei Generationen in Pera ansäßigen Kaufmannsfamilie. Sie gebärdete sich noch ungebundener als Nouchi, dabei verriet alles an ihr, bis hin zur kleinsten Geste, die großbürgerliche Herkunft.

Wer hatte Jonsac nachgeschenkt? Als er nach dem Essen vom Tisch aufstand, hatte er einen schweren Kopf und allen Schwung verloren. Im Vestibül spielte wieder das kleine Orchester, und ein Gast hatte, weiß Gott wo, eine alte Türkin mit schriller Stimme aufgetrieben, die eine Stunde lang alte türkische Lieder sang.

Die einen hörten zu, die anderen unterhielten sich gedämpft in einer Ecke. Das ganze Haus war nur schummerig beleuchtet. Hier und dort zeichneten Kandelaber rötliche Lichtkreise, dazwischen lagen weite Bereiche in einem Halbdunkel, das Gesichter und Hände nur ahnen ließ.

Während des Liedervortrags war Nouchi mit Stolberg verschwunden, und als Jonsac ihr lange danach wieder begegnete, hatte sie, auf den Gastgeber weisend, gesagt:

»Er hat mir das Yali gezeigt... Es ist phantastisch und voll der schönsten Sachen...«

Stolberg lächelte; Jonsac lächelte gezwungen zurück.

»Und jetzt«, erklärte sie, »gehen wir rauchen!«

Also wurde geraucht. Und getrunken. Die Gesellschaft hatte keinen Mittelpunkt mehr. Einige waren im Vestibül geblieben, wo Selim Bey aus einem tiefen Sessel heraus den Musikern türkische Sagen erzählte. Jonsac hatte Leyla ebenfalls aus den Augen verloren. Schließlich entdeckte er sie in einem mit dunklen Stoffen ausgeschlagenen Boudoir, wo sie auf einem Diwan lag und die Haschischpfeifen rauchte, die Uzun für sie herrichtete.

Zu diesem Zeitpunkt hatte Jonsac Lust, alles abzublasen. Er spürte, daß etwas faul war. Er fühlte sich fehl am Platz und nirgends zugehörig.

So verlegte er sich aufs Treppensteigen, denn ein Teil der Gäste begab sich auf die Terrasse im ersten Stock, während andere unten blieben.

»Im Grunde drehen sich Fest und Leute nur um die beiden Frauen«, sagte er sich.

Um die beiden Frauen und die vielen Flaschen! Da ging doch gerade das Kalmückengesicht vorbei. Der Kerl hatte irgendwo eine Flasche Whisky aufgetrieben und leerte sie jetzt zusammen mit seinem Bruder. Beide waren völlig betrunken. Sie wußten nicht, was sie wollten, und strichen, genau wie Jonsac, unschlüssig im Haus herum, mal im Dunkeln, mal im Schein der Kerzen, mal in der blauen Nacht der Terrassen.

Jonsac sah nun Nouchi ein erstes Mal mit Stolberg zusammen: In einem unbeleuchteten Zimmer lagen die beiden auf einem Diwan nebeneinander. Alle hatten es gesehen. Was dachten jetzt die andern?

Im Obergeschoß wurde ein Grammophon in Gang gesetzt. Jonsac ging hinauf und sah auf der dunklen Terrasse die Umrisse eines Paares: ein weißes Kleid und Uzuns schlanke Gestalt.

»Wir sind nur ein Alibi!« dachte er zornig. »Wir bilden das Publikum für ihre Liebesspiele!«

Er merkte, daß sein Gesicht und seine Bewegungen die quälende Eifersucht verrieten, und er versuchte, sich entspannt zu geben. Als er zum dritten oder vierten Mal die obere Terrasse durchquerte und eben eine Platte aufgelegt wurde, sprach Leyla ihn an.

»Darf ich Sie um einen Tanz bitten?«

Er tanzte. Ihre Taille umfassend spürte er, daß sie unter ihrem Kleid wenig anhatte, und er ahnte einen schlanken, festen Körper, sehr verschieden von Nouchis weichen Formen.

»Sind Sie nicht in Stimmung?« fragte sie.

»Woraus schließen Sie das?«

»Sind Sie eifersüchtig?«

»Überhaupt nicht.«

»Wirklich? Macht es ihnen nichts aus, wenn die Frau, die Sie lieben, so umworben wird?«

Was sollte er antworten?

»Es ist eine eigenartige Nacht, nicht wahr?« redete sie weiter. »Für mich ist es das erste Mal, daß ich rauche, und mir scheint, daß es mich überhaupt nicht benebelt...«

Im gleichen Moment, in dem sie das sagte, begann ihre Stimme unsicher zu wirken.

»Ich amüsiere mich köstlich mit Ihren Freunden. Uzun hat mir mit wunderbarem Ernst den Hof gemacht. Kommen Sie, trinken Sie etwas...«

Sie zog ihn zu einem Möbel, auf dem eine Reihe von Flaschen stand, nahm die erstbeste und goß zwei Gläser voll.

»Versuchen Sie, so fröhlich wie die anderen zu sein! Auf Ihr Wohl!«

Uzun strich in der Nähe herum, Müfti Bey sicherte sich den nächsten Tanz. Jonsac, der ein ganzes Glas süßen Likör getrunken hatte, schenkte sich ein zweites ein.

Was dann folgte, war schon verschwommener. Gestalten huschten vorüber. In einem Studierzimmer bemerkte er Stolberg, wie er Nouchi eine Mappe mit Stichen zeigte, und Nouchi winkte ihm freundschaftlich zu.

Mißmutig setzte er sich in eine Ecke, doch Selim Bey kam und erzählte ihm die Geschichte vom Sultan mit dem perlendurchwirkten Bart. Die Musiker, die ebensoviel getrunken hatten wie die Gäste, ließen die Finger über ihre Instrumente gleiten.

Wo man sich im Haus auch befand, überall war der Bosporus gegenwärtig, er schwappte gleichsam durch alle offenen Türen und Fenster herein. Ein dünner Strich Gischt zog sich an den Steinstufen entlang, und in der Dunkelheit ahnte man Kayiks, die, durch das Licht und die Musik angelockt, sich dem Haus näherten.

»Bernard!«

Es war Nouchis Stimme, die Jonsac in das Studierzimmer rief, in dem sie die Kupferstiche bewundert hatte.

»Schau mal, was Stolberg mir da geschenkt hat!«

Am peinlichsten war, daß Stolberg seelenruhig daneben stand und offenbar gar nicht auf den Gedanken kam, er könnte Jonsac eifersüchtig machen.

Nouchi hielt eine Statuette hoch, die aus einem einzigen Stück Bernstein geschnitzt war.

»Hübsch, findest du nicht auch?«

»Ja, wirklich.«

Er verzog sich lieber. Die Statuette war eines der wenigen schönen Stücke, die Stolberg besaß, und mehrere tausend Francs wert.

Er begann wieder seine Wanderung treppauf,

treppab. Er sah Leyla erst mit Uzun, dann mit Müfti Bey tanzen. Über die Brüstung der Terrasse erbrach der Bildhauer das Essen.

Man hatte allgemein das Zeitgefühl verloren. Jenseits des Bosporus funkelten die Lichter von Stambul, und die aus dem Haus dringenden Laute bildeten neben dem Geplätscher der Wellen die einzigen Nachtgeräusche. Die Musik des Grammophons vermischte sich mit den träumerischen Klängen der alten Instrumente.

Vielleicht eine halbe Stunde lang hing Jonsac allein in einer Ecke der Terrasse seinen trüben Gedanken nach. Dann brachte ihm der betrunkene Kalmücke ein Glas, das er in einem Zug hinunterleerte.

Die Umrisse wurden immer verschwommener. Ein Teil der Kerzen war erloschen. Als er an einem Boudoir vorbeikam, hatte er das deutliche Gefühl, daß dort zwei eng verschlungene Gestalten sich endlos küßten.

Nouchi oder Leyla? Es war ihm gleichgültig, welche von beiden es war. Diese wahllose Gier, diese infame Wollust rings um ihn herum verletzten ihn zusätzlich. Er machte einen Umweg, weil Selim Bey ihn ansah, und stieß mit dem Albaner zusammen, der immer noch Pfeifen herrichtete. Genau im selben Augenblick erscholl auf der Terrasse am Wasser ein nervöses Gelächter.

Es war Leyla, die schrie:

»Aber ihr dürft nicht schauen!... Nur wenn ihr schwört, daß ihr nicht schaut...«

Tiefere Männerstimmen antworteten. Wo war Nouchi? Irgendwo mit Stolberg zusammen. Schattengestalten bewegten sich zur Terrassenbrüstung hin, um zu sehen, was vor sich ging.

»Aber nicht allein!« kreischte Leyla mit sich überschlagender Stimme.

Fast gleichzeitig klatschte etwas ins Wasser, worauf Gelächter und Gejohle erscholl. Gegen seine Absicht näherte sich Jonsac dem Geschehen, und er sah, daß das Kalmückengesicht sich in den Bosporus gestürzt hatte und jetzt prustend und schnaubend wie ein Springbrunnendelphin auftauchte.

Männergestalten umringten Leylas weißes Kleid, Hände grapschten nach dem Stoff.

»Das mach ich selber!« wehrte sie sich. »Und daß keiner herschaut!«

Jonsac war am weitesten von ihr entfernt, mindestens zehn Meter weit. Er sah, wie sie mit ein paar schnellen Bewegungen Kleid und Wäsche fallen ließ.

Viel mehr als ein kurzes Aufschimmern des nackten Körpers war nicht zu sehen. Das Wasser teilte sich von neuem, Leyla war hineingetaucht und schwamm jetzt zügig hinaus, doch die Nacht war nicht finster genug, um die weiße, vom Wasser verzerrte Form zu verschlucken.

»Kommt jetzt zurück!« begann eine ernste Stimme zu mahnen, die Jonsac nicht erkannte.

Das Mädchen schwamm schnurstracks ins Offene hinaus, gefolgt vom lachenden Delphin. Der Mann war nicht nackt. Er war ins Wasser gesprungen, wie er gerade war, mit allen Kleidern, und das kalte Wasser hatte ihn nicht ernüchtert. Wenn er zwischen zwei herausgeprusteten Wasserfontänen auflachte, klang es wie ein barbarisches, mächtiges Brunstgeschrei.

»Kommt zurück!« rief die Stimme wieder, als Leyla gerade in eine große dunkle Wasserfläche hineinschwamm.

Stille war die einzige Antwort.

»Was geht hier vor?«

Jetzt war Nouchi in Begleitung Stolbergs auf die Terrasse getreten; sie wußte noch nichts. Jonsac warf ihr einen giftigen Blick zu.

»Kommt zurück, es ist genug!«

Das Kalmückengesicht schwamm keuchend und langsam allein auf das Ufer zu. Die Männer sahen sich betreten und beunruhigt an.

Jonsac, der sie beiseite schob, war der einzige, der in das an der Terrasse festgemachte Kayik sprang und hinausruderte.

»Leyla!« rief er. »Leyla!«

Und als hätte er die Ängste des Mädchens gespürt, setzte er mit unkenntlicher Stimme hinzu:

»Haben Sie keine Angst! ... Ich bin es! ... Ich verspreche Ihnen, daß ich nicht schauen werde ... Leyla! ... Wo sind Sie?«

Er ruderte aus Leibeskräften auf ein leichtes Plätschern zu, das er nur ungenau im Bosporus lokalisieren konnte. Trotz der Kühle des Morgengrauens kam er ins Schwitzen.

»Leyla! ... Ich bin es, Jonsac ... Ich gebe Ihnen mein Jackett.«

Er glaubte, sie zu sehen, wie sie unentschlossen umherschwamm und mit weit aufgerissenen Augen auf die vielen Männer blickte, die sich auf der Terrasse des Yali versammelt hatten, um sie nackt dem Wasser entsteigen zu sehen.

Sie hatte ihnen die Stirn bieten, ihnen zeigen wollen, daß sie keine Angst hatte, daß sie frei war. Sie hatte ihren Sticheleien eine Mutprobe entgegengesetzt, und das kalte Wasser hatte sie auf den Boden der Wirklichkeit zurückgebracht.

»Leyla! ... Wo sind Sie?«

Plötzlich sah er sie, viel näher als erwartet. Sie schwamm kaum noch. Das Wasser war klar genug, um nichts von ihr zu verhüllen, doch so, wie sie jetzt war, bleich im schwarzseidigen Bosporus und durch das bewegte Wasser verzerrt, rief sie bei Jonsac nur Mitleid und Zorn hervor.

Zorn auf alle! Und nicht nur wegen Leyla! Vielleicht war er im Grunde gar nicht ihretwegen in das Kayik gesprungen.

Es waren zwei Frauen da, und weil er Nouchi nicht retten konnte, so rettete er eben die andere!

»Halten Sie sich am Boot fest. Ich gebe Ihnen mein Jackett...«

Er zog es aus und wandte sich ab. Dann hörte er sie gegen die Planken stoßen und vor Anstrengung stöhnen.

Als er sich wieder umdrehte, lag Leyla zusammengekauert im Bug, wo sie, notdürftig vom Jackett verhüllt, die Hände vors Gesicht hielt und still vor sich hin weinte.

»Nicht dorthin! Nicht dorthin!« flehte sie.

Eine Stimme, es war die Uzuns, rief vom Ufer her:

»Haben Sie sie?«

Jonsac antwortete nicht. Er kam sich hilflos und dumm vor.

»Ich will nicht wieder dorthin!... Sie hätten mich sterben lassen sollen...«

»Schscht!... Beruhigen Sie sich...«

»Wenn Sie mich zu diesen Saukerlen zurückfahren, bringe ich mich um!«

»Sie können nicht ohne Ihre Kleider nach Hause gehen.«

»Das ist mir egal.«

Sie schüttelte sich am ganzen Körper. Ein nervöser Weinkrampf überfiel sie, und sie biß sich den Arm blutig.

»Sie dürfen mich nicht dorthin zurückbringen!«

Sie waren nur noch zehn Meter vom erhellten Yali entfernt, und vor der Bucht hoben sich wie ein Schattenspiel die Umrisse von Menschen ab.

»Gebt mir ihre Kleider«, rief Jonsac hinüber.

Erst unschlüssiges Schweigen. Dann ordnete Nouchi in ruhigem Ton an:

»Tut, was er sagt!«

Leyla kauerte sich noch enger im Boot zusammen, um von der Terrasse aus nicht gesehen zu werden. Stolberg beugte sich vor und reichte ein kleines, seidiges Bündel ins Boot.

»Ihre Schuhe!« Es war abermals Nouchis Stimme.

Die Musik und das Gemurmel waren verstummt und einem ängstlichen, betretenen Schweigen gewichen.

Wieder war es aus Rache an Nouchi, daß Jonsac das Boot vom Ufer abstieß und sich in die Riemen legte.

»Jetzt können Sie sich anziehen. Ich werde bestimmt nicht schauen.«

»Bei Ihnen ist das etwas anderes.«

Er registrierte erst später, daß sie das gesagt hatte. Im Augenblick fiel es ihm nicht auf. Nach dem Schaukeln des Bootes zu urteilen, zog sie sich mit fiebriger Hast an und zupfte Kleid und Strümpfe zurecht.

«Ich habe meine Handtasche nicht«, jammerte sie schließlich wie ein kleines Mädchen.

»Ich bringe sie Ihnen morgen.«

Sie sprang von einem Gedanken zum anderen:

»Warum haben Sie das getan?«

»Was soll ich getan haben?«

»Das Gegenteil von den anderen. Sie haben mich herausgeholt.«

Er hatte sich umgedreht und sah jetzt, wie sie mit den Fingern ihre nassen Haare zu kämmen versuchte.

»Was denken Sie über mich?«

»Über Sie denke ich nichts. Über die anderen keine schmeichelhaften Sachen.«

Kurz bekam er es mit Angst zu tun. Er hatte den Bosporus noch nie alleine überquert, und jetzt erfaßten Strömungen das Boot und drohten es zum Schwarzen Meer hin abzutreiben. Einige Minuten lang ruderte er wie wild, an nichts denkend, mit einem Sausen in den Ohren.

»Kommen wir vorwärts?« fragte er.

»Warten Sie... Ich habe das Gefühl... Nein... Doch, jetzt kommen wir langsam vorwärts...«

Noch immer konnte man die Lichter von Stolbergs Yali erahnen, und Jonsac sagte sich, daß der Schwede

Nouchi bestimmt mit dem Auto nach Hause fahren würde. Er sah wieder ihre Lippen sich aufeinander zu bewegen.

»Sie sind mir ein Mann!« seufzte Leyla.

Sie hatte wohl dasselbe gedacht wie er und sich gefragt, warum er, statt sich um seine Mätresse zu kümmern, ein fremdes Mädchen nach Hause brachte.

»Ihre ... Ihre Freundin wird allein nach Hause gehen müssen ...«

Er gab keine Antwort. Das Herz drehte sich ihm im Leibe herum.

»Wohin fahren Sie?«

»Ich weiß es nicht ...«

In der Dunkelheit bot das Ufer keine Anhaltspunkte, und sie brauchten eine halbe Stunde, bis sie mit angestrengten Augen eine Anlegestelle ausgemacht hatten. Von seinem Rausch war Jonsac eine gewisse Ungeschicktheit in den Bewegungen geblieben, und immer noch hatte er dieses ständige und schmerzhafte Pochen in den Schläfen.

Um in die Stadt zurückzukommen, brauchten sie ein Taxi. Doch in den menschenleeren, nur schwach beleuchteten Straßen mußten sie lange suchen. Der Himmel hatte ein leuchtendes Grau angenommen, und von Minute zu Minute traten die Gesichter mehr aus der Dunkelheit heraus, in der sie bisher verborgen waren.

Leyla klebten die feuchten Kleider am Leib. Ihr Haar bildete eine kompaktere Masse als sonst und umrahmte nicht mehr die Stirn. So war sie zwar weniger hübsch, doch ernster und anrührender.

Jonsac wurde sich des Verlustes seines Monokels erst bewußt, als er den erstaunten Seitenblick seiner Begleiterin auffing. Er war wohl ebenso verändert wie sie. Die Müdigkeit mußte seine Züge scharf herausgearbeitet und die Einseitigkeit seines Gesichts betont haben, außerdem blinzelte er ständig.

»Meinetwegen steht Ihnen jetzt ein Krach ins Haus!« sagte sie.

»Warum?«

»Nouchi wird nicht sonderlich erfreut sein.«

Er wandte den Kopf ab. Sie waren allein in einem alten Taxi, und der Fahrer, der sie für ein Liebespaar hielt, fuhr absichtlich langsam. Jonsac glaubte aus den Worten seiner Begleiterin eine kleine Spitze gegen ihn herauszuhören.

Meinte sie, er sei in sie verliebt? Ahnte sie, daß er aus Eifersucht gehandelt hatte?

Aus Eifersucht, ja, aber seine Eifersucht richtete sich gegen die Menschheit insgesamt, war gemischt mit Empörung und Ekel. Sie saß dicht neben ihm. Er fühlte ihre Schulter an seiner Schulter. Es schien ihm sogar, daß diese Schulter die Berührung suchte.

»Ihr Urteil über mich ist sicherlich vernichtend.«

Er verneinte, nicht aus Überzeugung, sondern um etwas zu sagen. Es fiel ihm gar nicht ein, über sie zu urteilen.

»Versprechen Sie mir, daß Sie vergessen, was diese Nacht geschehen ist!«

Sie hatte seinen Arm ergriffen und schien darauf zu warten, daß er sie küßte.

»Ich verspreche es.«

Es blieb Leyla nichts übrig, als sich vorzubeugen, die Scheibe herunterzulassen und dem Fahrer ihre Adresse zu geben. Sie verabschiedeten sich vor einem modernen Wohnhaus in Pera.

»Bringen Sie mir meine Handtasche?«

»Morgen.«

»Heute«, berichtigte sie und zeigte lächelnd auf den perlmuttfarben über den Dächern schimmernden Himmel.

Der Portier des *›Pera Palas‹* wunderte sich, Jonsac allein nach Hause kommen zu sehen.

»Ist sie noch nicht da?«

»Madame ist noch nicht zurückgekehrt.«

Er wollte eben zu Bett gehen, als die Aufzugstür ging und er klare, feste Schritte auf dem Gang und einen leichten Stoß gegen die Tür hörte.

Es war Nouchi. Sie hatte die in Zeitungspapier eingewickelte Elfenbeinstatuette in der Hand.

»Nanu?« sagte sie erstaunt und warf den Hut auf ihr Bett.

»Was ist?«

»Und die Kleine?«

Er gab keine Antwort und fuhr fort, sich die Zähne zu putzen.

»Wenn sie nach all dem nicht verliebt ist!...«

»Schweig.«

»Reden wir morgen darüber.«

Zum ersten Mal zog sie sich in seiner Gegenwart aus, ohne Koketterie und ohne Scham.

»Stolberg ist verrückt...« bemerkte sie.

Als er nicht reagierte, ergänzte sie:

»Verrückt nach mir! ... Was glaubst du, was diese Statuette wert ist?«

Doch er hatte sich abgewandt, um sie nicht mehr zu sehen, und jetzt zog er die Decke über die Ohren, um sie auch nicht mehr zu hören. Gleichwohl rang er eine Viertelstunde lang mit sich selbst, um nicht aufzustehen und zu ihr zu gehen.

Er schlief schlecht, es war eine Art Halbschlaf, in dem vom Rausch verzerrt die schändliche Nacht herumspukte, die er erlebt hatte.

Er hatte nicht bemerkt, daß Nouchi an Leylas Handtasche gedacht hatte, die jetzt neben der ihrigen auf dem Tisch stand.

5

»Wie spät ist es?« fragte er, noch ganz schlaftrunken.

Doch dann ließ ihn etwas schlagartig wach werden und die Stirn runzeln. Er lag in seinem Bett im ›*Pera Palas*‹. Draußen war es längst hell, und der Stadtlärm dröhnte in Höchstlautstärke zu den Fenstern herauf. Nouchi saß auf dem Bettrand, und ihr Gesicht lächelte ganz dicht über ihm.

Was ihn überraschte, war weniger ihre Gegenwart als ihre Ungezwungenheit, ihr offenes Lächeln und ihre fast mütterliche Zärtlichkeit. Auch die Zutraulichkeit, mit der sie halbnackt so nah bei ihm saß. Der Bademantel klaffte und ließ die Brüste vollständig sehen, und weiter unten schimmerte ein nacktes Knie.

Jonsacs erste Reaktion war, nach seinem Monokel auf dem Nachttisch zu greifen. Doch Nouchi hielt ihm den Arm zurück.

»Deine Würde kannst du später aufsetzen«, sagte sie, und ihr Lächeln wurde breiter.

Sie war so aufgeräumt und fröhlich, wie man es manchmal grundlos am Morgen eines großen Festtages ist, so daß Jonsac eine Weile sein Gedächtnis durchforschte.

Aber nein, er fand nur unangenehme Erinnerungen, und seine Griesgrämigkeit wurde noch dadurch gesteigert, daß Nouchi ihn hinderte, aufzustehen und sich den Schlaf aus den Augen zu waschen.

»Hast wieder dein Trotzköpfchen aufgesetzt!« flüsterte sie und hielt den Kopf schräg, um ihn unter einem anderen Winkel zu betrachten.

Sie schäkerte mit ihm wie mit einem Schoßhündchen, und plötzlich beugte sie sich hinunter und biß ihn in die Wange.

»Na, wütend?«

Ja, er war wütend, er wußte nur nicht, womit er die Strafpredigt anfangen sollte. Sein Blick fiel auf die Bernsteinstatuette auf dem Tisch, und er hatte nicht übel Lust, sie aus dem Fenster zu schleudern. Nouchi, die seinem Blick gefolgt war, trieb die Frechheit auf die Spitze.

»Mein erster Geschäftsgewinn!« triumphierte sie ohne eine Spur von Scham.

Als er daraufhin den Kopf abwandte, wurde sie einschmeichelnd.

»Du bist ein großes Dummerchen! Wenn du dein Gesicht sehen könntest ... Und du denkst dir solche Sachen ...«

Er wollte sich taub stellen, doch zu seiner grenzenlosen Verblüffung schlüpfte Nouchi behende zu ihm unter das Laken und kuschelte sich an ihn.

»Wetten, du glaubst, ich hätte letzte Nacht mit dem langen Lulatsch geschlafen ...«

Sie war nicht wie sonst. Irgend etwas versetzte sie in Hochstimmung, und Jonsac, der dabei nicht mithalten konnte, kam sich lächerlich vor.

»Ihr Männer seid doch alle gleich. Ihr glaubt, wir

hätten nur immer das eine im Kopf ... Sieh mich an! ... Gib zu, daß du mir beim Aufwachen eine Standpauke halten wolltest ...«

Die Statuette sah unverändert vom Tisch herüber und erinnerte ihn an jede Einzelheit der scheußlichen Nacht. Andererseits war da Nouchis wohlig warmer Körper. Diese Art von Zuneigung, diese vertrauensvolle Hingabe war neu bei ihr.

Verliebtheit war es wohl nicht. Es war kostbarer als das, feiner. Sie war gutgelaunt aufgewacht, hatte sich geräkelt und dann in Jonsacs Bett hinübergerollt, wie sie sich als Kind ins Bett ihrer Schwester gerollt hatte.

»Dir geht's schlecht, nicht wahr? Und du denkst, ich sei böse und tue dir absichtlich weh. Soll ich dir ein großes Geheimnis verraten?«

Sie zog die Nase kraus, und ihre zusammenrückenden Pupillen verliehen ihr einen Ausdruck, wie er ihn noch bei niemandem gesehen hatte. Sie kam mit dem Gesicht ganz nahe an ihn heran, legte den Mund an sein Ohr, flüsterte ihm einige Silben zu und brach dann in schallendes Gelächter aus.

»Nein! ...« Er sah sie entgeistert an.

»Ja, doch! So ist es, und so wird es immer bleiben!«

»Aber, du hast doch selbst gesagt ...«

»Was habe ich gesagt?«

»... Der Ghasi, in Ankara ...«

»Er hat mir den Hof gemacht, mehr nicht!«

Sie lachte immer noch, aber schon weniger kindlich.

»Jetzt bist du ganz gerührt«, sagte sie. »Die Männer sind immer ganz gerührt, wenn man ihnen das sagt! Dann allerdings ...«

Jonsacs schlechte Laune hatte sich verflüchtigt, und er dachte nicht mehr daran, zum Monokel zu greifen. Er wußte nicht, welche Uhrzeit und welcher Wochentag es war. Die Sonne schien ins Zimmer und ließ die gelbseidene Bettdecke funkeln.

»Du kannst das nicht verstehen«, sagte Nouchi melancholisch. »Bestimmte Gefühle können die Männer nie verstehen ...«

Mit einem Satz war sie aus dem Bett, ihr blauer Morgenmantel wehte hinter ihr her. Sie wühlte in einem Koffer herum und brachte ein sehr graues Foto mit vergilbter Rückseite und beschädigten Ecken daher. Halb trotzig, halb stolz hielt sie es ihm hin:

»Schau!«

Das Bild zeigte die Fassade eines Mietshauses in einem Wiener Vorort. Das Erdgeschoß war von kleinen Läden belegt, darunter war auch eine Schuhmacherwerkstatt. Auf der Schwelle stand im Sonntagsstaat die Familie: der Vater mit Bismarck-Schnauzbart, die Mutter in karierter Schürze, davor zwei Mädchen von vierzehn und sieben Jahren.

»Die Kleinere bin ich!« erklärte Nouchi.

War vorhin Nouchis Fröhlichkeit in Melancholie umgeschlagen, so schlug jetzt die Melancholie in dumpfe Wut um.

»Verstehst du jetzt, daß man die Armut hassen kann? Sie ist das Widerlichste, Scheußlichste, was es auf der Welt gibt! ... Wenn du das Foto anschaust, das ein Nachbar an einem Sonntagmorgen geknipst hat, merkst du nichts. Aber ich erinnere mich genau ... Es war die schlimmste Zeit nach dem Krieg ... Tag für Tag gab es nichts als Zuckerrüben... Die Arbeit meines Vaters bestand darin, Holzsohlen an die Schuhe der reichen Leute zu nageln...«

Sie riß Jonsac das Foto aus der Hand und warf es auf den Tisch, neben die Statuette. Mit der gleichen Heftigkeit zog sie den Morgenmantel über der Brust zu, dann setzte sie sich mit gefurchter Nase und den Tränen nahe auf den Bettrand.

»Das andere Mädchen ist die Schwester, von der ich dir erzählt habe und die jetzt wahrscheinlich in Syrien ist... Meine Mutter reist mit ihr herum, sie macht den Tänzerinnen den Haushalt... Mein Vater ist tot... Er ist mitten auf der Straße plötzlich zusammengebrochen, es war Tauwetter, und sie haben ihn ganz verdreckt nach Hause gebracht...«

Sie blickte Jonsac scharf in die Augen:

»Du bist wohl nie arm gewesen!«

Er getraute sich nicht zu sagen, daß er es auch gewesen war. Es durfte nicht sein, daß außer ihr noch jemand anders arm gewesen war.

»Ich erzähle dir jetzt noch etwas anderes... Wir hatten Hunger... Meine Schwester war vierzehn... Es war Winter, schon um drei Uhr nachmittags begann es zu dunkeln... Wir gingen zusammen von der Schule nach Hause, und manchmal sprachen Männer meine Schwester an... Ich sehe noch genau die Bretterwand mit den farbigen Plakaten daran und dem verwilderten Grundstück dahinter... Ich wartete davor, und manchmal sah ich zwischen den Brettern hindurch zu... Wenn meine Schwester wiederkam, gab sie mir ein Stück Schokolade oder eine Semmel...«

Sie sah zum Foto auf dem Tisch hinüber.

»Hast du gesehen, was mein Vater für ein Gesicht macht... Wenn ich es mir jetzt überlege, bin ich fast sicher, daß er geahnt hat, was lief... Aber was sollte er tun?... Im Haus und überall im Viertel verhungerten Kinder... Mit ab und zu einer Tafel Schokolade konnte man überleben...«

Es war vorbei. Sie schüttelte den Kopf, um die Erinnerungen samt ihrem üblen Nachgeschmack zu verscheuchen.

»Was hat sie danach gesagt, deine Leyla?« fragte sie, Ton und Thema wechselnd.

»Das kalte Wasser hat sie ernüchtert.«

»Sieh mal an! Und sie hat geweint. Und diese Männer verflucht, die...«

»Sich hundsgemein benommen haben.«

»Bist du verliebt?«

»Nein.«

»Bei der kannst du alles haben, was du willst... Verstehst du den Unterschied?... Sie ist reich, sie hat nie gehungert... Für sie ist die Liebe... Sie hat nichts anderes im Kopf... Sie träumt davon... Die ganze Zeit spielt sie mit dem Feuer, und wenn's brennt, dreht sie durch...«

Nouchis Tonfall verriet Sympathie und Verachtung zugleich.

»Sie weiß eben nicht, daß es eine Handelsware ist, die man gegen Schokolade oder...«

Sie wollte zur Statuette hinübersehen, hielt aber mitten in der Bewegung inne.

»Also, Bernard, was ist...« seufzte sie.

Womit sie meinte:

»Wie steht es mit dir? Wie denkst du darüber? Was hast du vor? Willst du immer noch, daß wir heiraten und wie Bruder und Schwester zusammenleben?«

Er gab keine Antwort, weil er keine wußte. Er war durcheinander. Am liebsten hätte er Nouchi fest an sich gedrückt, doch dafür war es schon zu spät. Ihre Miene war wieder besorgt, was bedeutete, daß sie sich nur noch mit ernsten Dingen beschäftigte.

Sie stand auf und schob Leylas Handtasche zur Seite.

»Nachher gehst du ihr brav die Tasche bringen ... Sie wird verliebt sein in dich ...«

»Ach was!«

»Doch, doch! Sie hat nichts anderes zu tun, als verliebt zu sein. Sie soll sehr reich sein. Es wird dich noch gereuen.«

»Nouchi!«

»Nouchi hin oder her ... Vorhin, bevor ich dich geweckt habe, bin ich deinen Kleiderschrank durchgegangen ... Ich hatte es mir gleich gedacht, schon als ich dich in Ankara zum ersten Mal sah! Du warst sehr elegant, sehr gepflegt, äußerst gepflegt sogar, nicht eine Knitterfalte in deinem Anzug ... Aber es gibt eine Art sich zu kleiden, die sagt alles ... Ich habe dir angesehen, daß du nur diesen einen Anzug hattest ... Du hast noch ganze drei Hemden, und von den zwei Paar Schuhen läßt mindestens eins durch.«

Seine Betretenheit belustigte sie.

»Vor mir brauchst du dich nicht zu schämen. Ich habe dir auch nicht geglaubt, als du mir weismachen wolltest, du seist ein Abenteurer ...«

Während sie redete, machte sie im Zimmer Ordnung, sammelte Kleider vom Vortag auf und räumte sie ein.

»Wenn du wolltest, könntest du Leyla heiraten. Sie langweilt sich. Ihre Eltern sind offenbar alt, und sie hat keine Freunde... Man sieht es schon daran, daß sie ganz aufgekratzt bei Stolberg ankam...«

»Sprich nicht mehr davon.«

»Wie du willst. Aber du machst einen Fehler. Ich wäre nicht beleidigt, wenn du mit ihr ein Verhältnis anfangen oder sie sogar heiraten würdest.«

Jonsac war jetzt aufgestanden und hatte einen Morgenmantel über seinen Schlafanzug geworfen. Der Morgenmantel war zwar aus Seide, doch abgewetzt wie alles, was er besaß. Nouchi schien noch etwas sagen zu wollen, denn sie sah ihren Gefährten an, wie um zu prüfen, ob der Augenblick günstig sei.

»Erinnerst du dich an die Häuser, die ich dir bei den Gärten von Taksim gezeigt habe?«

Er stutzte. Sollte etwa alles nur ein geschicktes Spiel gewesen sein, eine einzige Komödie, mit der sie bei ihm etwas erreichen wollte? Doch er verscheuchte den Gedanken.

»Ich höre!«

»Heute nachmittag soll ich dort eine Wohnung besichtigen.«

Er runzelte die Stirn. Er hatte wieder seine würdige, ein wenig herablassende Herrenmiene. In der linken Augenhöhlung funkelte das Monokel.

»Mach kein solches Gesicht, sonst erzähle ich dir nichts mehr! Ein Schwede, der zum diplomatischen

Corps seines Landes gehört, wohnt seit einem Jahr dort. Er muß dringend nach Schweden zurück, weil seine Tochter in Lebensgefahr schwebt. Er wird bestimmt monatelang wegbleiben, wenn er überhaupt zurückkommt, er hat nämlich auch Tuberkulose. Stolberg ist eng mit ihm befreundet. Er will mit ihm reden und ihm vorschlagen, daß wir während seiner Abwesenheit die Wohnung hüten ...«

Sie lachte schallend.

»Schau dich im Spiegel an! Du bist wieder mal überhaupt nicht eifersüchtig!«

Sie schmiegte sich an ihn und flüsterte:

»Immer noch nichts begriffen? Denk immer gut an das, was ich dir gesagt habe, vor allem an das mit meiner Schwester. Nie, hörst du, nie im Leben werde ich einem Mann gehören, nicht einmal dir!«

Sie küßte ihn auf die Wangen, dann auf den Mund.

»Überlaß die Sache mir ... Kümmere du dich um Leyla, sie wartet sicher ungeduldig auf deinen Besuch und ihre Handtasche ... Es kann sich noch lohnen ... Am ersten Tag haben mich deine Freunde nicht interessiert, aber jetzt haben sie uns immerhin zu Stolberg geführt, und Stolberg besorgt uns nicht nur eine Wohnung, er wird uns auch mit Leuten bekannt machen, die uns nützlicher sind ...«

»Was war letzte Nacht eigentlich noch, nachdem ich verschwunden bin?«

»Nichts. Sie waren zu Tode erschrocken. Das Kalmückengesicht hat in einem Zug eine ganze Cointreauflasche geleert, um wieder warm zu werden, dann wurde er grundlos wütend und wollte alles kurz und klein schlagen. Daraufhin wurde schleunigst Schluß gemacht ...«

Sie erriet den Gemütszustand ihres Gefährten und fügte schnell hinzu:

»Aber sag ihnen um Himmels willen nichts! Wegen so etwas brauchst du dich nicht mit ihnen zu verkrachen.«

Jonsac hatte sein Rasierzeug zurechtgelegt und begann mit der Morgentoilette, als das Telefon klingelte. Nouchi hob ab.

»Für dich«, sagte sie und streckte ihm den Hörer hin.

Die Stimme war ihm unbekannt, sie klang verwirrt, ängstlich, ungeduldig.

»Spreche ich mit Monsieur de Jonsac? Hier Monsieur Pastore ...«

Der Name sagte ihm zunächst nichts.

»Ja, bitte?«

»Ich bin Leylas Vater ... Könnten Sie bitte unverzüglich zu uns kommen ... Nein, am Telefon kann ich Ihnen nichts sagen ...«

Wie selbstverständlich hatte Nouchi den zweiten Hörer genommen.

»... Glauben Sie mir, es ist dringend ... Hören Sie ... Leyla hat versucht, sich das Leben zu nehmen ... Sie hat einen Brief an Sie hinterlassen ...«

Jonsac sagte zu, legte den Hörer auf und entdeckte Nouchis lächelndes Gesicht direkt neben sich.

»Habe ich es nicht gesagt!« triumphierte sie.

»Ich verstehe überhaupt nichts.«

»Sie ist verliebt, und weil sie sich schämt wegen gestern, will sie ihr Ansehen wieder aufpolieren ...«

Wortlos zog er sich an, Nouchi tat daneben dasselbe.

»Kriege ich keinen Kuß?« schmollte sie, als er weggehen wollte.

Zu seiner eigenen Überraschung nahm er sie in die Arme und erdrückte sie fast. Er hatte Tränen in den Augen, ohne daß er hätte sagen können, ob Nouchi oder Leyla der Grund dafür war.

»Sollte ich nicht hier sein, wenn du zurückkommst, so besichtige ich immer noch die Wohnung...«

In den Straßen war es heiß. Die Häuser verströmten den süßlich-scharfen, für das Land typischen Geruch.

Jonsac fuhr im Aufzug in den dritten Stock eines der schönsten Gebäude von Pera. Die Wohnungstür ging auf, ehe er klopfen konnte. Ein Dienstmädchen in Häubchen und weißer Schürze bedeutete ihm, ihr zu folgen. Sie hatte gerötete Augen, ihre Hand knetete ein Taschentuch.

Die Wohnung war geräumig, wunderbar hell und luftig. Schon im Vorraum umfing einen die wohltuende Atmosphäre von Luxus und Sauberkeit.

Von einem breiten Gang aus, der als Eingangshalle diente, führten verglaste Türen zu mehreren Zimmern. Aus einem dieser Zimmer drang gedämpftes Gemurmel.

»Wenn Sie bitte einen Augenblick warten möchten...«

Er stand im Salon, den ein mächtiger Flügel beherrschte. Der Raum ging auf einen fast ebenso großen Balkon mit Blick auf das Goldene Horn hinaus. Jonsac meinte, hinter einer Tür jemanden weinen zu hören. Es klingelte, und in der Eingangshalle erschien eine

Krankenschwester in Uniform, die man wahrscheinlich wie ihn telefonisch herbeigerufen hatte.

Schließlich strebten zwei Männer dem Ausgang zu. Einer von ihnen war groß und hielt den Hut in der Hand. Jonsac kannte ihn, es war der einzige französische Arzt in ganz Konstantinopel. Der Mann bemerkte ihn, tat zwei Schritte in den Salon hinein, drückte ihm die Hand und sah ihn erstaunt an, als frage er sich, was ein Dragoman hier verloren hatte.

Der andere, ein untersetzter, weißhaariger Mann mit Spitzbärtchen, war im Hausjackett. Kaum war der Arzt fort, stürzte er in den Salon.

»Monsieur de Jonsac?«

Dieser machte eine Verbeugung.

»Ich bin Leylas Vater ... Weil ich wußte, daß sie spät zu Bett ging, habe ich heute früh die Anweisung gegeben, sie nicht zu wecken ... Gegen ein Uhr ging das Zimmermädchen gleichwohl ins Zimmer und merkte, daß meine Tochter stöhnte ... Auf dem Nachttisch lagen zwei Briefe, einer an Sie, der andere an die Mutter ...«

Monsieur Pastore sprach hastig, als fürchtete er, den Faden zu verlieren.

»Im Brief an ihre Mutter, das brauche ich ja nicht zu verheimlichen, schreibt sie nur:

›Verzeih mir, Mama, aber das Leben ist wirklich nicht lebenswert.‹«

Monsieur Pastores Augen waren feucht geworden. Im Brief stand kein Wort an ihn! Als zählte er überhaupt nicht!

»Würden Sie bitte Ihren Brief lesen?«

Die Luft wurde von keinem Windhauch bewegt. Landschaftsbilder von bekannten Malern hingen in goldenen Rahmen nebeneinander an der Wand. Hinter einer Tür hörte man immer noch weinen, als Jonsac hastig den Umschlag aufriß.

Der Vater wandte den Blick nicht von ihm ab, während er las:

Monsieur,
wenn Sie diesen Brief erhalten, bin ich tot. Halten Sie mich bitte nicht für eine Schwärmerin. Ich habe lange genug gelebt, um zu wissen, was man vom Leben erwarten kann, und nach dieser Nacht habe ich die Konsequenzen gezogen. Sagen Sie Ihren Freunden, daß ich ihnen nichts nachtrage. Sie konnten es ja nicht wissen.

Denken Sie hie und da an mich und seien Sie glücklich mit Ihrer reizenden, bewundernswerten Nouchi.

Leyla.

»Gibt sie Gründe an?« fragte Monsieur Pastore.

»Nein, zumindest keine genaueren als im Brief an ihre Mutter. Ist sie wirklich ...?«

Er wagte das Wort »tot« nicht auszusprechen. Ihm wurde heiß, und seine Knie wurden so weich, daß er sich setzte, ohne dazu aufgefordert worden zu sein.

»Ihr Leben ist außer Gefahr ... Der Arzt behauptet, es sei eine Angelegenheit von wenigen Tagen.«

Beiden Männern war die Situation gleichermaßen peinlich. Monsieur Pastore ging fast nie aus dem Haus und hatte keinen Umgang, das erriet man an seiner Schüchternheit. Er wußte nichts über die Nacht, die seine Tochter erlebt hatte, und man hatte das Gefühl, daß er Angst hatte, nachzufragen. Zum Klavier hinüberblickend, riskierte er gleichwohl die Frage:

»Kennen Sie Leyla schon lange?«

Jonsac getraute sich nicht zu sagen, daß er sie erst vor drei Tagen kennengelernt hatte. Außerdem wurde er rot, denn es wurde ihm plötzlich bewußt, daß er wahrscheinlich als ihr Liebhaber, vielleicht sogar als ihr Geliebter galt und daß somit in Pastores Augen ein Zusammenhang zwischen ihm und ihrer Verzweiflungstat bestand.

Nun war er ebenso geniert wie Monsieur Pastore. Beide hatten Angst, etwas Falsches zu sagen, und wagten sich nicht mehr in die Augen zu sehen.

»Der Arzt sagt, sie wird bald wieder zu sich kommen«, seufzte endlich der Vater. »Sie hat eine Überdosis Veronal geschluckt, sie hat sich inzwischen aber erbrochen...«

Man hatte ihm wohl den Zutritt zum Schlafzimmer verboten, denn er blickte fortwährend in dieselbe Richtung, als warte er schüchtern darauf, endlich eintreten zu dürfen.

»Darf ich Ihnen etwas anbieten?«

Er fragte es tonlos und wohl nur, um wieder etwas zu sagen, dann entnahm er einem Barfach eine Flasche Porto und zwei Gläser.

»Es kommt um so unerwarteter, als Leyla immer sehr fröhlich war... Ablenkung hatte sie genug, sie fuhr jedes Jahr nach Frankreich oder in die Schweiz... Letztes Jahr hat sie die Ferien in Aix-les-Bains bei Freunden verbracht... Im Winter ist sie wieder nach

Paris gefahren und hat im Louvre Vorlesungen über Kunstgeschichte gehört ...«

Er redete und redete, für sich selbst, aus Angst vor dem Schweigen, das sich zwischen ihnen einzurichten drohte.

»Wir lassen ihr jegliche Freiheit, und sie weiß, daß ihre Freunde bei uns jederzeit willkommene Gäste sind ...«

Von Zeit zu Zeit warf er einen flüchtigen Blick zu Jonsac hinüber, und das Ergebnis schien ihn zu befriedigen.

»Sie ist erst dreiundzwanzig ... Trinken Sie, ich bitte Sie ... Ich habe leider noch nichts im Magen.«

Er zuckte zusammen und stand eilig auf. Eine Tür war aufgegangen. In ihr erschien eine Frau, eine kleine, ziemlich dicke Frau, deren fast weißes Haar zerzaust war. Sie schien ihrem Mann ein vereinbartes Zeichen zu geben.

»Monsieur de Jonsac ...« sagte dieser verlegen. Die Frau hatte verquollene Augen, zögerte und nickte dann kurz zur Begrüßung.

»Entschuldigen Sie ...« stammelte Monsieur Pastore.

Das Ehepaar verschwand, allem Anschein nach im Zimmer des Mädchens. Zehn Minuten verstrichen. Jonsac fühlte sich so unbehaglich wie im Wartezimmer eines Arztes. Endlich kam das Dienstmädchen:

»Wenn Sie mir bitte folgen möchten ...«

Sie ging auf Zehenspitzen, er tat es ihr nach. Als sie eine Tür aufstieß, erblickte er ein perlgrau gestrichenes Schlafzimmer, ein Bett mit blauer Decke und, auf dem Kopfkissen, Leylas Gesicht.

Außer den Ringen unter ihren Augen wies nichts darauf hin, daß sie eben knapp dem Tod entronnen war. Ihr fahlgelbes Haar lag in dicken Zöpfen beiderseits des Gesichts auf den Kissen. Die Mutter, argwöhnisch und abweisend, stand rechts des Bettes, Monsieur Pastore links davon.

»Wie lieb, daß Sie gekommen sind...« hauchte Leyla.

Ihm fiel nichts ein, was er hätte sagen können. Ihr ebenfalls nichts. Madame Pastore rückte ganz unnötigerweise das Kopfkissen zurecht.

»Sehen Sie mich nicht an... Wenn Sie wüßten, wie ich mich schäme!...«

Dann plötzlich:

»Geht es Nouchi gut?«

»Sehr gut«, stammelte er.

»Meine Tochter ist sehr erschöpft«, bemerkte die Mutter.

»Ich gehe jetzt... Ich...«

»Kommen Sie mich wieder besuchen, wenn ich nicht mehr so häßlich bin?«

»Ich verspreche es.«

So ungefähr verlief der Besuch. Jonsac wagte nicht, sich umzusehen. Beim Weggehen mußte er noch Monsieur Pastore die Hand geben, bevor dieser die Tür hinter ihm zudrückte. Er ging an der Aufzugstür vorbei schnell die Treppe hinunter. Er wollte schon zu Fuß dem ›*Pera Palas*‹ zustreben, als er seinen Namen rufen hörte:

»Bernard!«

Zunächst sah er nichts, dann bemerkte er eine Frauenhand, die ihn aus der Tür eines vor dem Haus stehenden Autos heranwinkte.

»Komm schnell! ... Und? ...«

»Sie ist am Leben.«

Jonsac erkannte Stolbergs Gestalt im Fond des Wagens.

»Steig ein! Wir kommen gerade von der Wohnung. Die Sache ist perfekt ... Du mußt sie dir anschauen ... Der Mieter reist schon heute abend ab ...«

Als er auf dem Notsitz Platz nahm, ergriff Nouchi seine Hand und drückte ihm heftig die Finger zusammen.

»Habe ich es nicht gesagt?« triumphierte sie leise.

Während der ganzen Fahrt fragte er sich, auf was sich Nouchis Frage wohl bezog, auf Leyla oder auf die Wohnung. Auf seinem Sitz stierte Stolberg mürrisch vor sich hin.

6

Zwei Wochen danach, an einem Sonntag, kam es zu dem improvisierten Fest in Therapia.

Schon das Wort hat in der Türkei etwas Köstliches an sich, wie eine schöne Frucht. Therapia, das ist der Inbegriff sommerlicher Unbeschwertheit, des luxuriösen Lebens am Bosporus, und vor allem ist es die Erinnerung an vergangene Pracht.

Einige Kilometer nördlich von Stambul, da wo sich der Bosporus zum Schwarzen Meer hin öffnet, liegen am Wasser und über die grünenden Hänge verstreut große Yali.

Es sind zwar nur Holzbauten, doch die Flaggen kennzeichnen die einen als Botschaften, die anderen als Villen hochgestellter türkischer oder ausländischer Persönlichkeiten.

In den Buchten blitzen die Messingbeschläge großer Motorboote in der Sonne, und Segeljachten spiegeln im Wasser ihr elegantes Takelwerk.

»... Frühstück in Therapia ...« hatte Stolberg am Telefon verkündet.

Und Nouchi, die noch im Bett lag, hatte zugesagt, ohne Jonsac erst zu fragen. Es war Juli. Die Sonne brannte erbarmungslos herunter, und von den Fenstern aus schien es, als lastete ein bläulicher Dunst auf der Stadt.

»In einer Stunde holt er uns ab«, verkündete Nouchi, während sie ihre nackten Füße auf dem Teppich aufsetzte.

Sie schliefen jetzt in Ehebetten, die, wie alle anderen Möbel des Schlafzimmers, in grauem Schleiflack gehalten waren. Die Kissenbezüge hatten breite Spitzenborten, und auf der Frisierkommode standen in Reih und Glied Flakons aus geschliffenem Kristallglas.

Es war die Wohnung des schwedischen Diplomaten, mit seinen Möbeln und teilweise auch seinen persönlichen Gegenständen.

»Stehst du nicht auf?«

Es gibt Tage, die ohne erfindlichen Grund gut, und Tage, die schlecht anfangen. Dieser Sonntag gehörte zur ersten Sorte. Maria war guter Laune und zeigte ein blendendweißes Gebiß, als sie den Kaffee brachte.

Maria war die Negerin, die Nouchi engagiert hatte und die ihr Mädchen für alles war. Wenn sie fröhlich war, konnte ihr Lächeln die ganze Wohnung aufstrahlen lassen, und über Stunden hörte man sie für sich alleine in der Küche singen, lachen oder sich endlose Geschichten erzählen.

»Zieh deinen weißen Flanellanzug an«, riet Nouchi, als sie in die Badewanne stieg.

Eine Stunde später waren sie beide bereit, auch sie in Weiß, mit einem schlichten grünen Schal um den Hals. Vom Balkon aus sahen sie ein großes Cabriolet anfahren, aus dem Stolberg jovial heraufwinkte.

Hinunterschweben im Aufzug... Heißer Gehsteig... Stolberg begrüßt Nouchi mit Handkuß und führt sie zu den beiden anderen Männern...

»Darf ich vorstellen: gute türkische Freunde von mir, Amar Paşa, Abgeordneter und nächstens Minister … Kataş Bey, der Sie einladen möchte, seine Jacht zu besichtigen …«

Das von einem Fahrer in heller Livree chauffierte Auto gehörte einem der beiden. Die Türken nahmen die junge Frau im Fond in die Mitte, während Jonsac auf dem Klappsitz und Stolberg auf dem Beifahrersitz Platz nahmen.

Die Straße war wie jeden Sonntag verstopft von Autobussen, die die Stambuler zu den Schankwirtschaften am Bosporus karrten. Das Cabriolet überholte auch von Pferden oder Maultieren gezogene Fuhrwerke, auf denen ganze Familien saßen.

Im Schatten der Maulbeerbäume am Wegrand picknickten bereits die ersten.

Nouchi zog vor Vergnügen die Nase kraus. Sie hatte feuchte Lippen, und manchmal, wenn ihre Begleiter ihr galante Komplimente machten, warf sie Jonsac einen liebevollen und fast komplizenhaften Blick zu, als wollte sie sagen:

»Siehst du! Das nenne ich richtig leben! Wir lassen uns in einem schnellen Auto chauffieren, während die Leute in den Autobussen schwitzen oder im Straßengraben ihr Fahrrad schieben …«

Der Abgeordnete war fettleibig, doch sehr gepflegt, mit Seidenhemd, parfümiertem Taschentuch, schwarzem Haar und schwarzen Augen; er verkörperte den Typ des Pascha, wie man ihn früher auf Zigarettenschachteln abgebildet hat. Er sprach in schmelzendem Tonfall, wobei sein Akzent die Silben noch weicher machte; des Französischen wenig mächtig, begnügte sich der andere Türke meist mit einem Lächeln.

Es standen schon einige Wagen vor dem Grandhotel von Therapia, und auf der Terrasse war ein Tisch für ein gutes Dutzend Gäste gedeckt.

»Unser Tisch!« verkündete Stolberg. »Einige Freunde werden gleich zu uns stoßen. Gefällt es Ihnen hier, meine kleine Nouchi?«

Er war nicht der einzige, der sie so nannte. Auch Müfti Bey durfte sich solche Intimitäten herausnehmen, und vor ein paar Tagen hatte Nouchi, als die beiden Männer und Jonsac zusammen diskutierten, scherzend gesagt:

»Seid ihr euch bald einig, meine Herren Ehemänner?«

Seitdem witzelte man:

»Die drei Ehemänner der Ungarin ...«

Sie lachte. Auch jetzt noch warf sie Jonsac gelegentlich einen verständnisinnigen Blick zu, und dieser Blick hatte für sie beide eine Bedeutung, um die niemand wußte: Vor drei Tagen hatten sie heimlich geheiratet. Am frühen Morgen waren sie nach Üsküdar auf der anderen Seite des Bosporus gefahren. Ein katholischer Priester hatte sie getraut. Den türkischen Behörden hatte das genügt.

Noch am selben Tag hatte Jonsac die Bescheinigung dem Leiter der Ausländerpolizei gebracht, der ihn wie gewohnt mit Kaffee und Zigarette bewirtete.

»Ich wünsche Ihnen sehr viel Glück«, hatte er ohne die leiseste Ironie gesagt.

Und er hatte der jungen Frau Blumen geschickt.

»Sie haben keine Ahnung!« schien Nouchi zu sagen. »Schau, wie wunderbar die Welt um uns herum ist.«

Passanten sahen neidisch zu ihnen her. Es gab zuerst mehrere Aperitifs, dann schlug Kataş Bey eine Fahrt im Motorboot vor.

Von einem Matrosen in bestickter Matrosenbluse bewacht, wartete sein Außenborder am Kai. Die weiße Zwölf-Meter-Jacht, die etwas vom Ufer entfernt auf den Wellen schaukelte, gehörte ebenfalls ihm.

Im Taxi kamen erst Uzun und Müfti Bey an, dann noch andere Leute, die Nouchi nicht kannte und die sie auch nicht beachtete. Sie stand im Mittelpunkt, und das allein zählte. Sie fühlte sich schön und begehrt. Was wollte sie mehr, es war der Gipfel dessen, was sie sich unter Glück vorstellte.

Der Abgeordnete umwarb Nouchi mit einer Zudringlichkeit, die keinerlei Rücksicht auf Jonsac nahm. Hatte man ihm schon bedeutet, daß dieser nicht zählte?

Die Spritzfahrt im Motorboot mit Kataş Bey war für Nouchi das, was in ihrer Kindheit eine verrückte Schiffschaukelpartie auf dem Rummelplatz gewesen war, nur noch viel berauschender. Das Haar schlug ihr um den Nacken, und ihr grünes Halstuch flatterte im Wind. Sie hatte das Kleid geschürzt und zeigte ihre schlanken Beine und die schmalen Knie, von denen ihr Begleiter die Augen nicht abwandte.

Das Boot durchschnitt die Wellen so schnell, daß es sich anhörte wie zerreißende Seide. Als es ein kleines Kap umfuhr, wandelte sich die Kulisse, sie wurde weniger elegant, weniger aristokratisch, dafür belebter. Ausflugslokale säumten das Ufer, einige von ihnen waren auf Pfeilern ins Wasser hinaus gebaut. Musikanten in farbenprächtigen Kostümen spielten auf, Paare tanzten oder fuhren in gemieteten Ruderbooten spazieren, andere tummelten sich im Wasser – ein Gewimmel dicht an dicht, Bewegung und Sonne, wohin das Auge blickte.

»Fahren wir nah heran...« sagte sie.

Sie wußte, daß aller Augen auf das luxuriöse, schnittige Boot gerichtet waren und damit auch auf die Frau in Weiß mit dem Halstuch, das wie eine Standarte waagrecht im Wind stand.

Sie genoß es: Da drüben war die Menge, das Volk, und sie konnte ihm aus sicherer Entfernung ein gnädiges Lächeln schenken. Sie wünschte sich Jonsac herbei, um ihm zurufen zu können: »Sieh sie dir an!... Sie sind im Autobus gekommen, zusammengepfercht wie die Sardinen... Wenn sie Durst haben, überlegen sie es sich zweimal, ob sie sich noch eine Limonade leisten können... Später dürfen sie dann völlig geschafft, mit weichen Knien, ausgedörrtem Mund und leerem Kopf noch eine halbe Stunde lang am Straßenrand auf den Autobus nach Stambul warten...«

»Umkehren!« sagte sie im Befehlston.

Plötzlich hatte sie fast panische Angst gepackt. Sie wollte kein solches Leben mehr führen. Obwohl es schon wesentlich besser war als das ihre damals...

»Sind wir schnell gefahren?« fragte sie.

»Fünfundzwanzig Stundenkilometer.«

Das Frühstück stand schon auf dem Tisch, und als sie sich setzten, fand Nouchi Gelegenheit, Jonsac heimlich die Finger zu drücken, wie er es inzwischen schon gewohnt war: eine Art Erkennungszeichen. Wie üblich wurden ihnen weit auseinanderliegende Plätze zugewiesen. Jonsac kam neben einen ihm unbekannten Türken zu sitzen, der zu ihm sagte:

»Würden Sie unsere alten Dichter kennen, so würden Sie verstehen, daß die heutigen Türken...«

Jonsac zitierte mit blasierter Miene sämtliche alten türkischen Dichter und lächelte melancholisch, als sein Nachbar begeistert ausrief:

»Wie ist das möglich, ein Fremder kennt...?«

Er war in der Tat eine erstaunliche Erscheinung, wie er dasaß mit Monokel, weißem Flanellanzug und grellbunter Krawatte. Auch einem Deutschen hätte er dessen Dichter aufsagen und einem Ungarn die alten magyarischen Märchen erzählen können.

»Sind Sie Professor?« fragte sein Tischnachbar.

»Nein... Ich habe ein bißchen studiert...«

Drüben, am anderen Ende des Tisches, sprühte Nouchi vor Lebenslust, und ihr unregelmäßiges Gesicht wurde beinahe schön.

Auch Müfti Beys Tischnachbar war Jonsac nicht bekannt. Er sah, wie dieser sich zu Müfti hinüberlehnte und etwas fragte, wobei er mit den Augen auf ihn deutete. Wahrscheinlich fragte er:

»Wer ist dieser Herr mit dem Monokel?«

Jedenfalls wanderte Müftis Blick von Jonsac zu Nouchi, wobei ein dünnes Lächeln über sein Gesicht huschte. Was er wohl antwortete? Jonsac wurde rot, und eine Weile aß er, ohne zu merken, was er tat.

Als die Tafel aufgehoben wurde und die Gesellschaft sich auf den Weg zur Jacht machte, auf der eine Spazierfahrt vorgesehen war, rief Nouchi Jonsac herbei. Nach all dem Überschwang klang ihre Stimme plötzlich ernst.

»Komm kurz mit«, sagte sie.

Im Erdgeschoß gab es neben der Empfangshalle einen Salon. In diesen ging sie dem Abgeordneten und Jonsac voraus.

»Amar Paşa hat mir gerade etwas Hochinteressantes gesagt.«

Dieser nickte mit breitem Lächeln.

»Die Rennbahn von Ankara soll ausgebaut werden. Besser gesagt, es soll ein modernes Stadion für alle Sportarten entstehen... Die Italiener und die Deutschen stehen schon in den Startlöchern mit Angeboten... Amar Paşa hat ein gewichtiges Wort mitzureden, und wenn du eine französische Gesellschaft auf die Beine stellen könntest...«

Ihre Pupillen waren eng zusammengerückt und unverwandt auf Jonsac gerichtet.

»Es geht um ein Geschäft von ungefähr fünfzig Millionen, nicht wahr, Amar?«

Dieser nickte von neuem.

»Morgen suchst du ihn in seinem Büro auf, er ist bereit, dir die nötigen Tips zu geben...«

Man suchte nach ihnen. Müfti Bey streckte den Kopf durch den Türspalt.

»Auf geht's!« rief Nouchi, die zu ihrer Fröhlichkeit und Unbekümmertheit zurückfand.

Es ging nur eine leichte Brise, aber sie genügte, um das Segel zu blähen und die Jacht sanft über das glatte Wasser des Bosporus zu treiben. Wie in Stolbergs Yali, so wurde auch hier ein Grammophon angestellt, und es wurden die gleichen Platten aufgelegt: Tangos, Blues und Zigeunerlieder, die Nouchi bisweilen mit hoher Stimme miträllerte.

Und wie bei Stolberg floß auch hier der Alkohol in Strömen.

Die Jacht lockte sämtliche Mietboote und Kayiks an, die so nahe wie möglich heranfuhren, um den Reichen bei ihrem Treiben zuzusehen.

»Mir scheint, unsere Gemahlin will uns verlassen«, scherzte Müfti mit einem Blick auf Nouchi, die sich im Bug zwischen die beiden Türken gesetzt hatte.

Mit ehrlicher Verwunderung fügte er hinzu:

»Wie haben Sie es nur angestellt, eine solche Frau zu angeln? Bald wird ganz Stambul in sie verliebt sein ...«

Was hätte Jonsac antworten sollen?

»Wissen Sie, daß Amar Paşa einer der einflußreichsten Männer der Türkei ist? Er mischt ganz oben in der Politik mit ...«

Ab und zu hörte man Nouchi lachen oder etwas ausrufen. Die beiden Matrosen, deren Blousons der Name der Jacht in goldenen Lettern zierte, schenkten unermüdlich nach. Die weiße Mütze, die Kataş Bey sich aufgesetzt hatte, als er an Bord ging, hatte Nouchi ihm weggenommen.

»Bernard!« schrie sie von weitem. »Wir müssen auch ein Schiff haben.«

Jonsac hörte, wie der Besitzer antwortete:

»Sie werden dieses hier benutzen, sooft es Ihnen beliebt. Ich werde meine Matrosen anweisen, sich zu Ihrer Verfügung zu halten ...«

»Siehst du, Bernard?«

Stolberg war weniger fröhlich und bereute es möglicherweise, Nouchi Leuten vorgestellt zu haben, die höhergestellt waren als er. Er war denn auch der erste, der vom Umkehren sprach.

»Der Abend wird kühl«, gab er zu bedenken.

Nouchi war anderer Ansicht:

»Kann uns die Jacht nicht nach Stambul bringen?«

»Ihr Wunsch ist mir Befehl...«

»Und was ist mit dem Auto?«

»Der Fahrer wird es zurückbringen.«

Das nannte sie ein Leben! Und wie sie auflebte! Durch sämtliche Poren sog sie die laue Luft, die Sonne, die wollüstige Wärme des Bosporus ein. Sie war schön, so schön, wie sie es sich ihr Leben lang erträumt hatte, und Jonsac war aus unerfindlichem Grund zum Heulen zumute.

Als ein flammendroter Himmel die Dämmerung ankündigte, wandelte Müfti Bey auf dem Deck auf und ab und deklamierte für sich allein Gedichte, während Jonsac nicht einmal mehr das Grammophon hörte und gedankenverloren den Blick über Wasser und Uferlandschaft schweifen ließ.

Die Botschaften zogen nacheinander an ihnen vorbei, auf die großen Yali folgten kleinere, bescheidenere Landhäuser, die meist reichen Kaufleuten von Pera gehörten.

Ab und zu begegnete ihnen ein Ruderboot, ein Kanu oder ein Paddelboot. Es war nicht mehr die luxuriöse Pracht von Therapia, auch nicht mehr das pralle Leben um die Ausflugslokale. Die Gebäude waren Landhäuser mit roten Dächern und grünen Fensterläden, Rosen blühten in den Gärten, in denen ältere Herrschaften in cremefarbenen Leinenkleidern frische Luft schöpften.

»Bernard!«

Es war schon eine Gewohnheit bei Nouchi, ihm alle naslang zuzurufen, er solle dieses oder jenes anschauen.

»Schau mal dort, der gelbe Kahn...«

Unweit eines weißes Hauses bewegte sich ein Boot langsam vorwärts; die junge Frau, die allein darin saß, ruderte ziel- und willenlos vor sich hin. Sie war etwa hundert Meter entfernt, doch Nouchi ergriff das Ruder und ließ das Segelboot eine Kurve auf sie zu beschreiben.

Lange vor den anderen hatte sie gesehen, daß es Leyla war. Nun sahen es alle, doch das Mädchen nahm noch keine Notiz von den Passagieren des Seglers. Erst als die Jacht ganz dicht an sie heranfuhr, hob sie den Kopf und bemerkte erst Nouchi, dann Jonsac.

»Kommen Sie mit uns?« rief Nouchi und winkte mit dem Schal.

Leyla schüttelte den Kopf und blieb unbeweglich im gelben Boot sitzen. Jonsac wandte sich ab. Er hätte nicht sagen können, was er empfand. Er war traurig, seine Stimmung ähnelte dem verdämmernden Horizont, dessen Minarette der aufkommende Nebel nach und nach verschluckte.

Das Haus am Ufer war das Haus der Pastore, und trotz der Entfernung glaubte Jonsac auf den grünen Gartenstühlen die etwas untersetzte und füllige alte Dame und den grauhaarigen Vater mit seinem Spitzbärtchen zu erkennen.

»Sie hat ihren Selbstmordversuch inszeniert, um sich

interessant zu machen!« hatte Nouchi behauptet. »Es war ein Mittel, um das Band zwischen ihr und dir fester zu knüpfen.«

Er hatte sie wieder besucht. Nouchi selbst hatte ihn dazu gedrängt, nach ihr zu sehen.

Die Eltern hatten ihn mit Tee und Gebäck bewirtet und ihn dabei mit neugierigen Blicken beobachtet, in denen ebensoviel Sympathie wie Mißtrauen lag.

Für sie war er ein Mann, ein Fremder, der ihnen vielleicht ihre Tochter wegnehmen würde. Von Nouchi wußten sie nicht einmal, daß es sie gab. Sie bewahrten eine vorsichtige Zurückhaltung und gaben sich manchmal aufmunternd, dann wieder reserviert.

»Monsieur de Jonsac ist Mitarbeiter der Botschaft«, hatte Leyla ihnen gesagt.

Daß er nur Dragoman war, hatte sie verschwiegen. Sie hatten sicherlich wissen wollen, ob sich sein Name in einem Wort schreibe oder in zwei.

»Du mußt sie weiterhin besuchen«, befand Nouchi. »Man kann nie wissen...«

Was konnte man nie wissen? Jonsac begann ihr zu glauben, wenn sie behauptete, Leyla sei in ihn verliebt. Jedenfalls war sie eifersüchtig. Wenn sie allein waren, fragte sie jedes Mal:

»Was macht Ihre reizende Nouchi?«

Oder:

»Findet Nouchi es nicht befremdlich, daß Sie mich besuchen kommen?«

Was wußte sie denn? Sie wußte natürlich, daß sie zusammenlebten. Sie hielt sie für ein Liebespaar.

»Kennen Sie sich schon lange?«

»Nicht sehr...«

»Wissen Sie, daß ich Nouchi sehr gern habe?«

Arme Leyla! Jonsac wagte nicht, sich nach dem Boot umzudrehen, das regungslos im bläulichen Abendlicht auf dem Bosporus lag, während die Jacht sich unter der Abendbrise neigte und Kurs auf das Goldene Horn nahm.

Glich es nicht den anderen Booten, die, angelockt vom Luxus und dem fröhlichen Leben, die weiße Segeljacht umkreist hatten?

Leyla würde jetzt wohl zurückrudern, um dann beim Essen zwischen ihren Eltern zu sitzen, die sie vielleicht nachher bitten würden, Klavier zu spielen.

»Bernard!«

Unwillig hob er den Kopf und sah, daß Nouchi, die immer noch die Matrosenmütze aufhatte, eine Champagnerflasche entkorkte.

»Ich habe gerade vorgeschlagen, daß wir die Partie bei uns beschließen. Ich habe unseren Freunden gesagt, daß wir nichts zu Hause haben, aber wir könnten unterwegs in der Grande Rue das Nötige für eine kalte Mahlzeit besorgen...«

Er wagte nicht, nein zu sagen. Er fühlte sich matt, und vor allem begann sich ein Ekelgefühl zu melden, das er von den Zechnächten her kannte.

Nouchi hingegen verspürte weder Müdigkeit noch Überdruß, und ihre Verehrer machten jede ihrer Launen mit.

Als die Jacht an den Lichtern des Dolmabahaçe, des ehemaligen Sultanspalastes, vorbeifuhr, zeigte Amar Paşa auf die erhellten Fenster im ersten Stock und sagte:

»Der Ghasi ist da!«

Jonsac mußte an die erste Nacht in Ankara denken.

»Schade, daß er nicht unter uns weilt!« meinte Nouchi. »Er hat die faszinierendsten Augen, die ich je gesehen habe!«

»Es ist durchaus möglich, daß ich Sie eines Tages bekannt mache...«

Sie setzte ihre vielsagendste Miene auf.

»Das wird nicht nötig sein.«

»Kennen Sie ihn?«

»Ich habe mit ihm eine Nacht auf seinem Bauernhof bei Ankara verbracht. Nicht wahr, Bernard?«

Dieser ertappte Müfti Bey bei einem hinterhältigen Grinsen. Stolberg sah weg.

»In diesem Fall kennen Sie ihn wohl besser als ich!« entgegnete Amar Paşa sarkastisch. »Und das Fest hat wie immer bis zum frühen Morgen gedauert, nicht wahr?«

»Um sieben Uhr ist der Ghasi in sein Arbeitszimmer gegangen und hat seine Sekretäre gerufen, um zu arbeiten. Er soll mit sehr wenig Schlaf auskommen.«

Auf die Lichter des Palastes folgten die Lichter von Stambul. Man fuhr an ankernden Frachtern vorbei, an deren Reling sich schemenhaft die Gestalten von Matrosen abhoben.

Amar Paşas Auto wartete am Hafen, doch es faßte nicht die ganze Gesellschaft, so daß Jonsac mit Müfti Bey und zwei Unbekannten ein Taxi nahm.

»Unsere Gemahlin war noch nie so ausgelassen wie heute«, scherzte Müfti.

Jonsac zuckte zusammen, denn im selben Moment

mußte er an Leyla denken, wie sie allein in ihrem kleinen gelben Boot saß.

»Sehr ausgelassen, ja«, sagte er tonlos.

»Amar Paşa steht ihr an Temperament nicht nach!«

Jonsac vergrub sich in seine Ecke und antwortete nicht. Als sie die Wohnung betraten, war sie schon hell erleuchtet und der Tisch vollgestellt mit allerlei Eßwaren, darunter ein ganzer Schinken und eine Kiste Champagner. Kataş und Stolberg waren mit Auspakken beschäftigt.

»Wo ist Nouchi?« fragte Müfti Bey.

Jonsac hätte nicht zu fragen brauchen. Er hatte Nouchi durch einen Türspalt hindurch im Badezimmer gesehen. Amar Paşa hatte sie an der Schulter gepackt, sie wehrte sich lachend und drohte ihm mit einem Crèmenapf in der Hand.

Als sie Sekunden später an ihm vorbeiging, drückte sie ihm so heftig die Fingerspitzen, daß er fast aufschrie.

7

Jonsac saß an seinem gewohnten Platz am Fenster. Mittags hatte Avrenos einen anderen Kundenkreis als abends. Es waren lauter Stammgäste, die zu einer bestimmten Zeit kamen, schweigend, meist Zeitung lesend ihre Mahlzeit einnahmen und nach einem schüchternen Gruß in die Runde wieder zur Arbeit gingen.

Der Tag war besonders heiß. Das Pflaster des Gäßchens gleißte, es mußte glühend sein. Vor einigen Tagen war die Botschaft, wie jeden Sommer, aus den Räumen von Stambul an den Bosporus umgezogen.

»Sie liebt an dir das genaue Gegenteil von dem, was ich an dir liebe«, hatte Nouchi am Morgen gesagt.

Während Jonsac ins Leere blickend seinen Fisch verzehrte, mußte er unablässig an diesen Satz denken. Nouchi saß zur Stunde wahrscheinlich ebenfalls irgendwo beim Essen, mit Amar Paşa oder Stolberg, vielleicht auch mit Müfti Bey zusammen. Es war zu einer Gewohnheit geworden. Jonsac ging gegen elf Uhr aus dem Haus, machte seine Aufwartung in der Botschaft, aß dann irgendwo allein, und es kam vor, daß er seine Frau erst um Mitternacht wiedersah.

Andere Male hinterlegte sie in der Bar des ›*Pera Palas*‹, die einer ihrer Treffpunkte war, eine Nachricht oder ließ ihm ausrichten, wo sie abends sein würde.

Außer Tevfik Bey, der halbtags bei der Zeitung arbeitete, taten ihre Freunde nichts, sie telefonierten von früh bis spät miteinander, verabredeten sich und promenierten stundenlang in der Grande Rue von Pera.

»Nouchi ist heute abend in der Oper. Sie bittet dich, nach dem zweiten Akt in die Loge von Amar Paşa zu kommen«, teilte man Jonsac mit.

Sie sprachen inzwischen von Nouchi als einer der Ihren. Sie hatten sie in ihren Kreis aufgenommen.

›Sie liebt an dir das genaue Gegenteil von dem, was ich an dir liebe...‹

Wahrscheinlich stimmte das. Mit Sicherheit stimmte, was Nouchi danach gesagt hatte:

»Sie sieht in dir den starken Mann, verstehst du? Dein Monokel, deine Steifheit, deine scheinbare Unerschütterlichkeit beeindrucken sie. Sie glaubt, du seiest jemand, auf den man sich als Frau stützen kann.«

Nouchi sagte es ohne Bosheit, sogar mit ihrem zärtlichen Lächeln.

»Ich möchte sogar wetten, daß sie dich auch ein wenig meinetwegen liebt! Sie sieht uns kommen und gehen, ein bewegtes Leben führen, im Auto herumfahren und ganze Nächte lang Feste feiern, und sie ist überzeugt, daß du die treibende Kraft bei diesem Leben bist. Wie soll ich es sagen? Für sie bin ich dein Werk, etwas, was du hervorgebracht hast...«

Sie hatte dies vor einer knappen Stunde gesagt, auf ihrem Bett sitzend und die Zehennägel polierend.

»Ich sehe nur nicht ein, warum du dann mit mir zusammenlebst!« hatte Jonsac beleidigt geantwortet, ohne seine Rasur zu unterbrechen.

»Weil du so bist, wie du bist! Ein schüchterner und sentimentaler großer Junge, der vor allem Angst hat.«

Er war grußlos gegangen. Doch er mußte ihr recht geben. Zum Beispiel: Als er sich das Monokel zugelegt hatte, war er Sekretär eines Abgeordneten gewesen, der berüchtigt war wegen seiner Ausbrüche am Rednerpult und seiner Brutalität im Privatleben. Jonsac arbeitete ohne Bezahlung. Er tat es, um sich mit der Politik vertraut zu machen. Doch er lebte in ständiger Angst vor seinem Chef, dessen Büro er nicht zu betreten wagte, wenn er wußte, daß er wütend war.

Die Idee mit dem Monokel hatte er einem deutschen Diplomaten abgeschaut, und er hatte wochenlang in seinem Zimmer geübt, bevor er sich damit in die Öffentlichkeit getraute.

Am allermeisten hatte er nämlich Angst, ausgelacht oder auch nur leise belächelt zu werden. Wenn junge Mädchen sich kichernd nach ihm umdrehten, verlor er augenblicklich die Fassung und blieb vor dem nächstbesten Schaufenster stehen.

Er hatte auch Angst, jemandem weh zu tun, unhöflich zu sein oder zu mißfallen. Er war abhängig davon, daß die Leute eine gute Meinung von ihm hatten, und nur selten getraute er sich, ihnen zu widersprechen.

»Merk dir gut, was ich dir sage: Diese Art von Mädchen hat weniger Hemmungen als wir. Sobald du nachgibst, bist du geliefert ...«

Das war ein weiterer Ausspruch Nouchis, und Jonsac wußte, daß sie auch damit recht hatte. Er hatte ihr nicht gesagt, daß er am Abend zuvor, als er allein zu Hause war, einen Anruf erhalten hatte.

»Jonsac?« hatte Leylas ruhige Stimme gefragt.

Und dann hatte sie mit verwirrender Dreistigkeit wissen wollen:

»Ist Nouchi auch da?«

»Sie ist eben weggegangen.«

»Was machen Sie den ganzen Tag? Ich langweile mich zu Tode.«

Es entstand eine Pause. Jonsac wußte nicht, was er sagen sollte.

»Wir müssen nächstens wieder zusammen essen gehen, Nouchi und ich, wie das letzte Mal. Gehen Sie immer noch zu Avrenos?«

»Jeden Mittag.«

»Letzten Sonntag scheint es sehr lustig zugegangen zu sein bei Ihnen.«

»Ich fand es überhaupt nicht lustig, glauben Sie mir.«

»Das sagen Sie so! ... Schön, ich will Sie nicht weiter stören. Grüßen Sie Nouchi von mir ...«

Eigentlich hätte Jonsac an diesem Mittag in Therapia essen sollen, denn er hatte in der Botschaft zu tun. Er war gleichwohl zu Avrenos gekommen, weil er aus Leylas Worten eine Art Verabredung herausgehört hatte.

Statt seine Zeitung zu lesen, sah er auf die sonnenüberflutete Straße hinaus, wo Einheimische mit Körben auf dem Kopf vorbeieilten. Avrenos war gekommen und hatte ihm die Hand gegeben.

»Wie geht es Ihnen? Gut?«

»Danke!«

Auch für Avrenos, wie wohl für die meisten seiner Gäste, war er eine respektable Persönlichkeit.

»Man sieht Sie abends in letzter Zeit kaum noch... Sie scheinen ja jede Nacht tüchtig zu feiern...«

Er lächelte geheimnisvoll und blickte schräg aus dem Fenster, denn er hatte am Ende des Gäßchens, wo die Autos nicht mehr weiterfahren können, ein Taxi anhalten hören. Kurz darauf sah er ein weißes Kleid, eine schlanke, gutgebaute Gestalt.

Es war Leyla. Sie bewegte sich mit gespielter Gelassenheit, als hätte reine Neugier sie in dieses Fischmarktviertel gelockt. Doch Jonsac sah ihr eine leichte Verspanntheit an. Er fragte sich, ob sie den Schneid haben würde, geradewegs in das Restaurant zu treten.

Sie hatte ihn offenbar nicht, ihre Schritte zögerten, dann ging sie etwas langsamer weiter. Jonsac stand auf und schob den weißen Vorhang beiseite, der als Tür diente.

»Leyla!« rief er.

Er hatte die Serviette in der Hand und ein Stück Kuchen im Mund. Das Mädchen drehte sich um und tat überrascht.

»Waren Sie da?«

Sie gab ihm die Hand und besah sich neugierig das Lokal, das sie noch nie betreten hatte.

»Nett hier!«

»Kommen Sie doch herein... Haben Sie schon gegessen?«

»Bei uns wird noch nach alter Sitte früh gegessen.«

»Dann trinken Sie einen Kaffee mit mir?«

Beflissen holte er einen Stuhl herbei, rückte ihn für sie zurecht und rief Avrenos.

»Machen Sie uns einen sehr guten Kaffee!«

Er getraute sich nicht, seinen Kuchen zu Ende zu essen. Es kam ihm lächerlich vor, vor dem Mädchen weiterzuessen.

»Essen Sie ruhig, ich bitte Sie.«

»Ich war schon fertig! Dieses Gebäck schmeckt nach gar nichts.«

Er erinnerte sich, was Nouchi gesagt hatte.

›Diese Art von Mädchen hat weniger Hemmungen...‹

Er war dennoch stolz, daß sie gekommen war. Es gab ihm sein Selbstvertrauen zurück.

»Finden Sie nicht auch, daß Stambul zu dieser Jahreszeit unmöglich ist? Die letzten Jahre war ich in Frankreich oder in der Schweiz. Aber dieses Jahr, bei der Krise...«

Sie wurde ernsthafter und fragte:

»Nehmen Sie keinen Urlaub?«

»Ich habe ihn im Winter genommen.«

Das Restaurant leerte sich, und schließlich saßen nur noch sie beide am Fenster, während der einzige Kellner die Tische für den Abend herrichtete.

»Was haben Sie heute nachmittag vor?«

Er wußte es auch nicht recht. Er mußte zur Botschaft, wie jeden Tag. Er wurde dafür bezahlt. Er hatte außerdem bei diversen Ämtern einiges zu erledigen, doch das konnte zur Not bis zum nächsten Tag warten.

»Und Nouchi sehen Sie nicht?«

»Erst abends.«

›... hat weniger Hemmungen als wir...‹

Es war eine weitere Bestätigung.

»Ich hatte eigentlich Lust, bei dieser Hitze zu den

Süßen Wassern Europas hinauszufahren«, murmelte sie und tat, als würde sie geschäftig in ihrer Handtasche wühlen.

»Wenn Sie gestatten, begleite ich Sie.«

›... hat weniger Hemmungen...‹

Was hätte Nouchi gesagt, wenn sie gehört hätte, wie Leyla mit einem nur mühsam überspielten Lächeln fragte:

»Was würde Ihre liebe Nouchi denken?«

»Nichts.«

»Ist sie nicht eifersüchtig?«

»Ich glaube nicht.«

Jonsac war so linkisch wie vor Jahren, als er das erste Mal eine Frau umwarb. Er winkte zerstreut Avrenos, daß er zahlen wolle, obwohl er hier ein Konto hatte.

»Ich nehme alles auf Ihre Rechnung«, lehnte dieser höflich ab.

Dann wollte er ein Taxi suchen, doch Leyla protestierte lachend:

»Wir nehmen das Schiff und mieten dann Esel.«

Auf der Brücke mußten sie sich durch die Menge zwängen, die vor der Anlegestelle wartete. Es kamen pausenlos Schiffe an, sie fuhren wie Straßenbahnen nach allen Richtungen: nach Üsküdar, Haydar Paşa, Therapia, Prinkipo und zu den Inseln.

Nouchi wäre unglücklich gewesen, wenn sie sich so unters Volk hätte mischen müssen, anstatt in einem Auto oder Motorboot zu fahren.

Leyla hingegen gefiel das. Wenn ihre Familie im Häuschen am Bosporus war, mußte sie jeden Tag das Schiff nehmen. Sie kannte sich aus und suchte sich gleich einen guten Platz an der Reling. Gegenüber saß eine Bäuerin mit einem Korb auf den Knien.

»Schön!« rief sie aus und sog lustvoll die lärmige Atmosphäre ein.

Für Jonsac war dieser Ausflug mit dem Schiff in Begleitung eines Mädchens etwas Neues. Er wußte nicht einmal, was die Fahrt kostete, sie mußte es ihm sagen. Aber sie bestand darauf, ihre Fahrkarte selbst zu bezahlen.

»Getrennte Kasse! Sonst gehe ich nie wieder mit Ihnen aus. Wenn meine Vettern aus Athen da sind, machen wir es genauso. Ich habe gesehen, daß es im Montparnasse-Viertel ganz üblich ist...«

Es war fast dieselbe Strecke, die sie am Sonntag mit der Jacht gesegelt waren. Etwas hinter Therapia, unweit des Bosporus, beginnt ein schattiges Tal mit einer Quelle und üppiger Vegetation: die ›Süßen Wasser Europas‹.

Das Schiff legte unterwegs immer wieder an, Leute stiegen aus und ein. Durch eine Öffnung im Korb der Bäuerin streckte eine Ente den Kopf heraus, und Leyla streichelte ihr mit behandschuhtem Finger den Schnabel.

»Haben Sie unser Haus gesehen? Es ist recht nett. Der Garten ist hübsch. Andererseits ist es auch trist dort, besonders wenn mein Vater seine Neuralgien hat.«

Man konnte nicht nur das Haus sehen, sondern auch den gelben Kahn, der in einem Miniaturhafen vertäut war.

»Wissen Sie, daß ich Ihnen böse war?« sagte Leyla plötzlich und wandte sich ab.

»Warum?«

»Ich habe am Sonntag gesehen, daß Leute auf der Jacht waren, die auch im Yali dabei waren, in der Nacht, als...«

Sie verstummte einen Augenblick und fuhr dann fort:

»Es ist dumm von mir... Aber ich dachte mir, Sie würden diese Leute meiden... Was hat man danach über mich gesagt?«

»Ich hätte niemandem erlaubt, irgend etwas zu sagen.«

Er log, weil er nicht anders konnte.

»Ich kann ihnen nicht ganz aus dem Weg gehen«, sagte er. »Die meisten sind nicht interessant.«

Schon wieder ein Ausdruck von Nouchi! Verfolgte sie ihn schon bis in die letzten Winkel seines Lebens hinein?

»Tun diese Leute eigentlich gar nichts?« fragte sie.

»Nicht viel. Unter dem Sultan wären sie reich gewesen und hätten hohe Ämter in der Armee oder in der Verwaltung bekleidet. Sie können sich nicht dazu aufraffen, einer geregelten Arbeit nachzugehen, lieber zehren sie den Rest ihres Vermögens auf. Sie können mit den geänderten Zeiten nichts anfangen und wollen sich nicht umstellen.«

Das Schiff legte wieder an, und alle Passagiere stiegen aus. Eine leichte Brise wehte vom Schwarzen Meer her, das man hinter einem blaßgrauen Kap am Ende des Bosporus gerade noch erkennen konnte. Leyla folgte der Menschenmenge. Sie hielt den Kopf gesenkt und sah zu Boden, und plötzlich sagte sie halblaut:

»Ich weiß nicht, wie Sie auf meine Frage reagieren werden. Wenn Sie nicht wollen, brauchen Sie sie nicht zu beantworten... Nein, lassen wir es!«

»Fragen Sie!«

»Sie werden sich denken, ich... Lassen wir es lieber...«

»Reden Sie, ich bitte Sie.«

»Gut, ich tu's!... Sind Sie verheiratet?«

Ohne das Monokel hätte sie ihm die Verwirrung vom Gesicht ablesen können. Um Zeit zu gewinnen, stammelte er:

»Mit Nouchi?«

»Ja, mit Nouchi natürlich!« lachte sie. »Es sei denn, sie hätten einen ganzen Harem!«

»Ich bin nicht verheiratet...«

Wieder wandte sie sich ab, so daß er nicht sehen konnte, wie sie es aufnahm.

»Kennen Sie sie schon sehr lange?«

»Nicht sehr lange.«

»Stimmt es, daß sie Tänzerin ist?«

»Ja, sie ist Tänzerin. Wer hat es Ihnen gesagt?«

»Uzun... Müfti Bey...«

Sie warf den Kopf herum und rief:

»Wir haben Glück! Es sind Esel frei!«

Sie stürzte zu dem Türken, der die Tiere vermietete, und handelte mit ihm den Preis aus.

»Welchen wollen Sie? Den größeren natürlich, andersherum würde es ja auch komisch aussehen.«

Auch so sah es noch komisch aus, wie er auf dem schmalen Pfad entlang des Talgrunds hinter ihr herritt, im selben Trott wie sie. Die Luft war drückend, wie überfrachtet von all den Gerüchen des üppigen Grüns, dem süßlichen Duft der Blumen und dem aufsässigen Schwirren der Insekten.

Leyla ritt im Damensitz und ließ ihre Beine baumeln. Jonsac, dem sie sich so im Profil präsentierte, sah sie unverwandt an, doch was er durch das Hitzeflimmern hindurch erkennen konnte, beschränkte sich auf ein weißes Kleid, eine Nackenlinie und einen hellen Fleck an der Stelle des Gesichts.

›... Sie wird sich erst zufriedengeben, wenn sie erreicht hat, was sie will ...‹

Auch das war Nouchi! Sie war allgegenwärtig! Sie verfolgte ihn selbst hier, wo er sich weit von ihr entfernt glaubte.

»Woran denken Sie?« fragte Leyla und drehte sich zu ihm um.

»An nichts.«

»Sie sehen traurig aus.«

Er gab keine Antwort, und sie ritten schweigend weiter. Beide gaben sich ungehemmt ihrem Trübsinn hin.

»Schade, daß ich nicht tot bin«, seufzte Leyla endlich, glaubte aber, das Gesagte durch ein Lächeln wieder abschwächen zu müssen.

»Reden Sie nicht mehr davon.«

»Sie sind sofort gekommen, nicht wahr? Mein Vater hat es mir gesagt. Er wußte nicht, wer Sie waren und wie er Ihnen begegnen sollte. Nachher hat er mir Fragen gestellt.«

Sie lächelte immer noch. Ihr Körper wiegte im Takt mit dem Schritt des Esels.

»Armer Papa! So verlegen, so geniert habe ich ihn noch nie erlebt. Er stellte sich die schlimmsten Sachen vor und wollte doch nichts sagen, er druckste herum und versuchte auf Umwegen, etwas zu erfahren. Mama war direkter. Raten Sie, was sie befürchtet haben!«

»Was weiß ich?«

»Daß ich ein Kind erwarte!... Über einen halben Tag lang haben sie in dieser Angst gelebt, und als Sie kamen...«

Noch bevor sie weitersprach, war er schon rot geworden.

»... Verstehen Sie nun, warum mein Vater Sie immer wieder ansah?«

Sie schwiegen wieder. Sie waren vor einer aus Brettern zusammengenagelten Schenke angelangt. An Sonntagen wimmelte es hier von Ausflüglern, die lärmend im Gras lagerten, picknickten und das Grammophon laufen ließen.

Wochentags war der Ort menschenleer. Die Quelle floß direkt an der Schänke vorbei, hinter der terrassenförmig ansteigende Gärten mit grünen Laubengängen angelegt waren.

Leylas Esel war von selbst stehengeblieben, ein kleiner Junge hatte schon das Halfter ergriffen und das Tier an einem Strauch festgebunden.

»Darf ich Sie zu einer Erfrischung einladen?« fragte Jonsac und sprang aus dem Sattel.

Sie gingen um die Schänke herum und stiegen den Garten empor. Jonsac hatte bei seiner Begleiterin untergefaßt, und schon diese harmlose Berührung genügte, um sie beide zu verwirren.

»Wie wäre es dort?« fragte der Kellner und zeigte auf die am dichtesten bewachsene Laube. »Was darf ich Ihnen bringen?«

»Limonade.«

Um einen grobgezimmerten Tisch herum zog sich eine kreisförmige Bank. Als der Kellner mit der beschlagenen Flasche und den Gläsern wiederkam, saßen Jonsac und Leyla stocksteif nebeneinander. Um den Bann zu brechen, öffnete das Mädchen seine Handtasche und fing an, sich umständlich zu pudern.

»Eine richtige Postkartenidylle, nicht wahr?« sagte sie, um etwas zu sagen.

»Postkarten sind oft ehrlicher als lange Briefe«, antwortete er.

›... erst wenn sie erreicht hat, was sie will ...‹

Er verscheuchte ein für allemal Nouchis Bild, oder begann vielmehr, ihm zu trotzen.

»Das ist sehr wahr, was Sie da sagen«, erwiderte Leyla langsam.

Niemand konnte sie sehen. Von den wenigen Passanten auf dem Weg waren lediglich die Stimmen zu hören. Fliegen umschwirrten ihre Köpfe.

»Warum sind wir hierhergekommen?«

Sie redete hastig und sah unruhig umher. Sie saßen sehr nahe beieinander. Jonsac sah Leylas blonden, ins Rötliche spielenden Nacken. Auf der Haut standen winzige, glänzende Perlen. Er glaubte, den Geruch des erhitzten Körpers wahrzunehmen.

Sie machte eine winzige Bewegung. Vielleicht wollte sie wieder nach der Handtasche greifen oder einfach einen Schluck aus ihrem Glas trinken. Da verließ auch ihn die Starre und er packte, ganz oben an der Schulter, ihren nackten, feuchten Arm.

Sie drehte sich erschreckt um.

»Was tun Sie da?… Nein!…«

Trotz ihrer unglücklichen Miene wehrte sie sich nicht, sondern ließ den Mann gewähren, dessen Lippen sich über ihre Wange zum Mund vortasteten.

Der Kuß schmeckte nach Sommer, nach Landschaft, nach sonnenerwärmter Haut, sogar nach Pflanzen, als würde das Grün um sie herum mitmachen.

Durch die halb geschlossenen Lider sah Jonsac Leylas weit aufgerissene Augen. Sie starrten ihn an, von so nah, daß er zusammenfuhr und das Monokel verlor, das erst auf der Hand des Mädchens landete und dann am Boden zerschellte.

Schlagartig lösten sie die Umarmung. Jonsac beugte sich vor und schob die beiden Scherben mit der Fußspitze weg. Er versuchte zu lächeln.

»Es ist gewöhnliches Glas. Scherben bringen Glück«, scherzte er.

Er war sehr rot. Ihm war heiß.

»Es ist Zeit, wir müssen gehen«, sagte Leyla und stand auf. »Haben Sie schon bezahlt?«

»Ja… Ich weiß nicht… Ich rufe den Kellner…«

Am schlimmsten war für ihn der Verlust des Monokels, denn er wußte, daß sein Gesicht dadurch verändert wurde.

»Ich sehe wahrscheinlich aus wie eine Eule im Sonnenlicht. Wissen Sie, daß ich sehr kurzsichtig bin?«

Sie stand schon und wartete, daß er auch soweit war. Aus ihrem Gesicht war jede Regung verschwunden.

Der Kellner erschien schließlich und wunderte sich, daß das Paar schon wieder gehen wollte. Jonsac zog es vor, nicht wieder aufzusitzen und seinen Esel am Halfter zu führen.

»Sonst habe ich immer ein Ersatzmonokel dabei.«

»Und heute haben Sie keines!« stellte sie ungerührt fest.

Würde auch sie ihn jetzt für einen Weichling und Schwächling halten? An der Anlegestelle mußten sie fast eine halbe Stunde lang in der prallen Sonne warten. Die glitzernden Reflexe auf dem Bosporus hinterließen glühende Streifen auf der Netzhaut.

»Bereuen Sie etwas?« fragte er.

Obwohl er in diesem Augenblick das deutliche Gefühl hatte, in sein Verderben zu laufen, ging er plötzlich aufs Ganze, wie von einem Taumel erfaßt.

»Wir müssen uns wiedersehen. Ich muß ernsthaft mit Ihnen reden.«

Sie blickte erstaunt auf.

»Ich habe Ihnen sehr viel zu sagen... Ich möchte nicht, daß Sie glauben, ich...«

Er fand nicht die richtigen Worte. Das Schiff, das sie aufnehmen sollte, bewegte sich mehrere Kilometer von ihnen entfernt vor kristallklarem Horizont.

»Vorhin eben – da habe ich mich nicht einfach hinreißen lassen... Verstehen Sie?... Es ist so lange her, daß...«

»Aber Nouchi?« unterbrach sie ihn mit ruhiger Stimme.

»Nouchi zählt nicht, das wissen Sie doch! Sie ist ein hübsches Weibchen...«

Er schämte sich vor sich selbst, aber er konnte nicht anders, er mußte sie herabsetzen und sich an ihr rächen für die Peinlichkeit der Situation und die verpatzte Gelegenheit. Und sie war endgültig verpatzt, denn Leyla war jetzt zu ruhig.

»Ich habe Ihnen wirklich sehr, sehr viel zu sagen... Wann kann ich Sie wiedersehen?«

»Ich weiß nicht... Ich sage es Ihnen später... Wir haben ja Zeit...«

Sie hatten eine ganze Stunde Zeit auf dem Schiff, umgeben von anderen Passagieren. Sie verbrachten sie schweigend. Jonsac stierte trübsinnig aufs Wasser und bemühte sich, sein Gesicht wieder unter Kontrolle zu bringen.

»Sie haben mir nicht geantwortet.«

»Ich denke an Nouchi«, entgegnete sie.

»Ich habe Ihnen gesagt...«

»Ich weiß!«

Das Schiff hielt unweit des Landhauses der Pastore. Leyla erhob sich abrupt und streckte ihm kameradschaftlich die Hand hin.

»Vielleicht esse ich morgen mit Ihnen bei Avrenos«, beschloß sie.

Er hätte sie lieber woanders getroffen, doch er getraute sich nicht, es zu sagen. Als er die Bar des *›Pera Palas‹* betrat, um nach einer Nachricht von Nouchi zu fragen, saß diese selbst da. Neben ihr saß Amar Paşa, der aufstand und ihn begrüßte.

Nouchis Augen lachten, und ihr Stupsnäschen deutete an, daß sie einen guten Tag hatte.

»Wir haben den Plan schon fast fertig ausgearbeitet!«

verkündete sie. »Unser Freund Amar wird dir ihn gleich darlegen. Du mußt bloß noch den Direktor der Ottomanischen Bank überzeugen...«

»Einen Raki!« rief Jonsac zum Barmann hinüber.

Er war unterwegs bei einem Optiker gewesen und hatte ein neues Monokel erstanden, was ihm seine Selbstsicherheit zurückgab.

»Leyla hat dich anscheinend bei Avrenos besucht?«

»Wer hat dir das gesagt?«

»Hier weiß doch jeder alles. Avrenos hat es Uzun erzählt, dem ich vorhin in Pera begegnet bin, und der hat es mir brühwarm weitererzählt. Hat's geklappt?«

Sie lachte und spielte mit einer Halskette, die er zum ersten Mal an ihr sah.

»Schiefgelaufen?«

Er gab keine Antwort, doch gleich darauf zwickte sie ihn unter dem Tisch grausam in den Schenkel.

8

Es grenzte jetzt schon an Trunksucht und schleichende Vergiftung. Als er am Morgen lustlos und angeekelt aufstand und zudem unangenehm die Beine spürte, weil er die halbe Nacht in Pera und Stambul herumgezogen war, nahm Jonsac sich vor:

›Heute werde ich weder Müfti Bey noch Selim, noch Uzun, noch Tevfik treffen ... Ich werde nicht bei Avrenos essen, und ich werde keinen Fuß in die Bar des ›*Pera Palas*‹ setzen ...«

Das nahm er sich seit Jahren vor, und wie ein halbherzig bekehrter Trinker sich schon am Nachmittag ein Gläschen genehmigt, so geriet er wie zufällig in die Grande Rue, wo er sicher sein konnte, daß ihm der eine oder andere Kumpan über den Weg laufen würde.

Es begann wieder das *keyif*, wie es die Türken nennen: Man schlendert durch die Straßen und läßt sich von Laune und Zufall leiten. Wenn Uzun anführte, so endete es im alten Viertel von Tophane mit seinen engen und abschüssigen, zwischen Holzbauten durchführenden Gassen. Dort gab es an einer Ecke ein kleines Einheimischen-Café. Drinnen war nie jemand, doch draußen luden ein paar Sessel zum Sitzen und Anlehnen an der sonnenbeschienenen Hauswand ein. Der Wirt kam auch immer gleich mit dem türkischen Kaffee und der Wasserpfeife.

Uzun konnte stundenlang dort sitzen und dem Spiel von Licht und Schatten zuschauen oder den grünen Fleck eines Feigenbaums bewundern, den ein kunstsinniger Zufall genau dort hatte wachsen lassen, wo ihn auch ein Maler hingestellt hätte.

Jonsac konnte sich jetzt den gleichen Träumereien hingeben. Seit Jahren hatte er kein Buch mehr gelesen, doch ständig klangen ihm Verse in den Ohren, die seine Freunde vor sich hin deklamierten, wie jemand anders Lieder trällert.

Und jetzt war wieder ein Morgen, an dem er so trübsinnig und lustlos war wie ein krankes Tier. Wo hatten sie sich letzte Nacht schon wieder herumgetrieben?

Nouchi hatte mit Amar Paşa diniert, und Jonsac hatte die Gelegenheit genutzt, um bei Avrenos zu essen, wo er Tevfik und die beiden Ahbad-Brüder, den Bildhauer und dessen Bruder mit dem Kalmückengesicht, traf. Wie immer war man dann zusammen nach Pera spaziert.

»Wir könnten bei Selim vorbeischauen.«

Selim Bey war zu Hause, Müfti war schon bei ihm, und so hatte man getrunken und ein paar Haschischpfeifen geraucht. Keiner hatte mehr ein Zeitgefühl, als man hinausging, um Luft zu schnappen. Die Kinos leerten sich gerade. Vor dem Restaurant Abdullah war man Nouchi und Amar begegnet, als sie eben aus der Tür traten.

»Was haben Sie noch vor?«

»Und Sie?«

Schon lange hatte man es aufgegeben, sich einen

neuen Zeitvertreib auszudenken. Erst ging man ins ›*Chat noir*‹, dann, weil dort nicht viel los war, in ein schmutzigeres Nachtlokal, das ›*Cristal Palas*‹, wo es faden, von Amar Paşa bezahlten Champagner zu trinken gab.

Nouchi hatte die Leute vom Nachbartisch angesprochen, und man hatte mit ihnen zusammen eine größere Clique gebildet. Dann hatte jemand, wahrscheinlich einer der Ahbad-Brüder, einen Spaziergang zu den Gräbern des alten Friedhofs von Eyüp vorgeschlagen.

Alle waren einverstanden gewesen. Der Vorschlag war keineswegs lächerlich, er war durchaus der Atmosphäre, der Gemütslage, auch der Stadt gemäß. Jonsac hatte unter ähnlichen Umständen schon Dutzende Male dort die Nacht beschlossen, und wenn einer der Freunde eine Eroberung gemacht hatte, war es schon fast Tradition, daß man nach Eyüp pilgerte und der Dame den Mondschein über dem Friedhof zeigte.

Man zwängte sich in Taxis. Amar Paşa und Nouchi setzten sich in das erste, Jonsac in ein anderes. Auf dem Friedhof schlenderte man in den Alleen herum und deklamierte Gedichtstrophen, oder Müfti Bey las Inschriften vor und zeigte die Gräber seiner Vorfahren, wobei er ihr prunkvolles Leben schilderte.

Das eindeutigste Ergebnis war, daß man um fünf Uhr früh zu Bett gegangen war und Jonsac sich jetzt lustlos und mit Kopfweh zu den verschiedenen Ämtern aufmachte, bei denen er für die Botschaft etwas zu erledigen hatte.

»Deine Freunde sind nicht interessant«, hatte Nouchi am ersten Abend behauptet.

Nun brauchte sie sie ebensosehr wie er selbst, sie war die erste, die herumtelefonierte, um Treffen zu vereinbaren und die Abende auszudehnen, und sei es mit einem Spaziergang auf einen Friedhof.

Und beneidete nicht sogar Leyla sie um ihr Leben! Beim Gedanken an das Mädchen runzelte Jonsac die Stirn, und er hörte Nouchi wieder sagen, während sie sich auszogen:

»Immer noch nichts passiert? Ja, mein Lieber, du hast die Gelegenheit verpazt, und allmählich heißt es aufpassen, daß du der Kleinen nicht zuwider wirst. Wenn ein Mädchen tut, was sie getan hat, um einen Mann zu bekommen, und er nichts weiter tut, als sie täppisch zu küssen und dabei sein Monokel fallen zu lassen ...«

Es stimmte, daß Leyla abweisend gewesen war auf dem Rückweg von den ›Süßen Wassern‹. Aber hatte sie nicht versprochen, mit ihm zusammen bei Avrenos zu essen?

Jonsac mußte den Polizeipräsidenten sprechen. Normalerweise war dieser immer frei, doch der Zufall wollte, daß er eine Besprechung hatte, und Jonsac mußte fast eine Stunde in den menschenleeren Gängen der Vilayet warten. Der Rahmen war trostlos, und seine Gedanken wurden dadurch noch düsterer.

Es waren nicht nur die Müdigkeit und der Brummschädel, den er dem Alkohol und dem Haschisch zu verdanken hatte. Schuld war auch Nouchis lachende Feststellung vom Vorabend:

»Dein Ehebruch steht mir offenbar noch nicht bald ins Haus!«

Was sich danach abgespielt hatte, war so grotesk gewesen, daß er es so schnell nicht wieder vergessen würde. Nouchi hatte längst jedes Schamgefühl ihm gegenüber verloren. Sie war fast nackt gewesen, als sie sich über ihn lustig machte, und er hatte sie mit funkelnden Augen angesehen.

»Mach kein solches Gesicht!« spottete sie, während sie ein weiteres Wäschestück fallen ließ. »Nur weil ich dir die Sachen auf den Kopf zu sage...«

Er hatte sich buchstäblich auf sie gestürzt, um ihr zu zeigen, daß er ein Mann war. Statt wütend zu werden, hatte sie einen solchen Lachanfall bekommen, daß ihr Tränen in den Augen standen. Ihr Busen hatte dabei heftig gewackelt, während ihre beiden Arme ihn gleichwohl auf Distanz hielten.

»Wir werden schon sehen, ob...«

Vielleicht eine Minute lang hatte er sich mit wahrem Ingrimm abgemüht, doch er war machtlos gewesen gegen dieses Lachen, und schließlich hatte er mit zerzaustem Haar und übel zerkratzten Armen aufgegeben.

Lange danach, als er sie schon schlafend glaubte, hatte sie ganz ruhig gesagt:

»Bei Leyla mußt du das machen!«

Warum nicht? Nouchi demütigte ihn erbarmungslos und bauschte seine Schwäche auf. Schließlich war sie nicht die erste Frau in seinem Leben, und sie würde auch nicht die letzte sein.

›Nur draußen darf es nicht sein, wo man uns stören kann...‹

Er dachte an praktische Details. Bei Avrenos, wo

ihn jeder kannte, ließ sich bestenfalls ein wenig plaudern. Ein Motorboot zu mieten und auf dem Bosporus herumzufahren wäre eine Möglichkeit gewesen, wenn es ohne Bootsführer gegangen wäre.

Jonsac dachte sogar an ein Hotelzimmer, doch er verwarf den Gedanken bald wieder.

»Könnte ich telefonieren?« fragte er, unvermittelt in das Büro des Chefs der Ausländerbehörde eintretend.

»Bitte sehr.«

Er ließ sich mit seiner Wohnung verbinden. Nouchi meldete sich.

»Was machst du heute nachmittag?«

»Ich gehe mit Stolberg ins Konzert.«

»Wann gehst du weg?«

»In einer Stunde. Ich esse nicht, ich kaufe mir unterwegs Gebäck.«

Er fragte sich, ob der Türke, der ihm gegenübersaß und die Bernsteinkette durch die Finger gleiten ließ, die Veränderung in seinem Gesicht bemerkt hatte. Er hatte einige Mühe, sich für die angebotene Zigarette mit einem Lächeln zu bedanken und den türkischen Kaffee abzulehnen.

»Geht es Ihnen gut?«

Der Chef der Ausländerbehörde fragte ihn nicht nach Nouchi, weil die Höflichkeit es den Türken verbietet, jemanden auf seine Frau anzusprechen.

»Sehr gut.«

Man meldete, daß der Präsident frei sei, und Jonsac verbrachte einige Minuten in dessen Büro. Anschließend rief er die Botschaft an, um die Ergebnisse des Gesprächs mitzuteilen.

»Wann sieht man Sie?« fragte der Sekretär etwas ungnädig.

»Gegen Abend.«

»Der Botschafter hat seit gestern zweimal nach Ihnen gefragt. Ich habe sogar bei Ihnen zu Hause angerufen, doch Sie waren nicht da. Könnten Sie nicht gleich vorbeikommen?«

»Vollkommen ausgeschlossen. Entschuldigen Sie. Sagen Sie Seiner Exzellenz ...«

Der Sekretär hatte schon aufgelegt. Nochmals Ärger! Ein Verstimmungsgrund kam zum anderen hinzu, und als Jonsac zu Fuß zum Fischmarkt ging, war sein Blick lauernd, als wittere er eine Gefahr. Vielleicht spielte auch das Wetter mit hinein. Seit einem Monat hatte es nicht mehr geregnet, die trockene Luft kratzte im Hals, und die elektrische Aufladung der Luft übertrug sich auf die Nerven. Zweimal wurde der Straßenstaub von einem plötzlichen Windstoß hochgewirbelt.

Es war ein Uhr, als er Avrenos' Lokal betrat, und er sah auf den ersten Blick, daß Leyla nicht da war.

»Hat niemand nach mir gefragt?«

»Eine Dame hat angerufen. Sie könne nicht kommen, aber sie sei um zwei Uhr auf der Neuen Brücke, links beim Landungssteg.«

Das Kalmückengesicht, das ganz hinten an einem Tisch saß, nahm seinen Teller und setzte sich zu ihm. Der Mann sprach sehr schlecht Französisch, versteifte sich aber darauf, mit Jonsac in dessen Muttersprache zu reden, obwohl dieser doch perfekt Türkisch konnte. Die Unterhaltung war mühsam und drehte sich endlos um die Bildhauerei, die der Mann erneuern wollte.

»Nehmen Sie irgendeine Oberfläche... Was ist eine Oberfläche?...«

Er rauchte schon am Morgen, und vor allem trank er pausenlos, so daß man nie wußte, ob er nüchtern oder betrunken war, denn er hatte immer dieselben wilden Gebärden und dieselbe stockende Stimme.

›Warum mitten auf der Brücke?‹ fragte sich Jonsac.

Es wurmte ihn. Alles wurmte ihn. Noch nie war er sich so minderwertig vorgekommen, obwohl er, wenn er diesen Ahbad mit seiner feuchten Aussprache ansah, sich wiederum sagen mußte:

»Ich bin viel intelligenter als er, auch intelligenter als Müfti und Stolberg, sogar intelligenter als Amar Paşa... Ich weiß mehr als sie, und aussehen...«

Ja, doch, er sah keineswegs übel aus, im Gegenteil. Doch alle diese Leute schienen keine Minderwertigkeitsgefühle zu haben. Er selbst hatte bisher höchst selten welche gehabt, und wenn, dann nur im Stimmungstief oder im Kater.

Es war alles Nouchis Schuld. Was hatte sie sich überhaupt einzumischen, sie, die keinerlei Bildung besaß, die in einer Wiener Mietskaserne aufgewachsen und in Nachtlokalen herumgetingelt war?

Leyla hatte ihn nie so bemuttern wollen oder von oben herab behandelt. Im Gegenteil!

›Sie muß zu mir in die Wohnung kommen‹, schwor er sich.

Mit diesem Entschluß verband er andere, konkretere Vorsätze. Und alles mußte unbedingt sein! Was sein mußte, mußte sein!

»Wissen Sie, daß ich die Form der Steinmetzwerkzeuge der alten Ägypter wiederentdeckt habe? Wenn Sie mich das nächste Mal besuchen, zeige ich sie Ihnen...«

Jonsac zahlte und ging. Es waren nur fünf Gehminuten zur Brücke. Er hatte Zeit. In den Straßen herrschte das übliche europäisch-asiatische Völkergemisch und Gedränge: Straßenbahnen, Esel, Lastenträger, Bettler. Ab und zu dazwischen in schneller Fahrt ein Luxusauto.

War seine Ehe mit Nouchi überhaupt gültig? Sie hatten nur kirchlich geheiratet, und die Pastore waren nicht katholisch.

Sie waren reich. Leyla war ihr einziges Kind. Das Haus am Bosporus war im Sommer angenehm, es strahlte Solidität und Sicherheit aus, und das verlockte Jonsac.

Als unverheiratetes Mädchen trug Leyla Ungebundenheit zur Schau, aber er hatte schon erlebt, daß Mädchen, die sich weit ungebundener gebärdeten, nach der Heirat die fügsamsten Gattinnen abgaben. Wahrscheinlich würde Leyla später wie ihre Mutter aussehen, vielleicht nicht so füllig, doch genauso spießig.

Wenn er nicht mehr seinen Lebensunterhalt verdienen müßte, würde man ihn an der Botschaft als Volontär annehmen, mit dem Titel eines Attachés, was ihm sämtliche Türen öffnen und den Diplomatenpaß verschaffen würde.

Es berührte ihn jemand am Arm. Leyla lächelte, weil er so in Gedanken versunken war, daß er sie nicht bemerkt hatte.

»Ich mußte zu Hause essen, weil heute früh mit dem Italienschiff Freunde aus Genua gekommen sind. Hat man Ihnen den Anruf ausgerichtet?«

Sie trug ein strohfarbenes Seidenkleid, über den Arm hatte sie eine leichte Jacke gehängt.

»Ich habe nicht viel Zeit, meine Mutter und meine Freunde erwarten mich nachher in der Konditorei Tokatlian ...«

Sie sah ihn aufmerksamer an und fragte:

»Was haben Sie?«

»Nichts.«

Diese Konditorei, die ihm bei seinen Plänen dazwischenfunkte, verdarb ihm sofort wieder die Laune. Das ›*Tokatlian*‹ war *die* Konditorei von Pera, in der sich nachmittags um fünf die feine Welt ein Stelldichein gab. Jonsac betrat sie nur selten, weil der Botschafter ebenfalls dort verkehrte; außerdem war sie teuer.

»Wohin gehen wir?«

»Ich weiß nicht«, sagte er im Gehen, die Augen unverwandt auf den Boden gerichtet.

Er vermied den Blickkontakt, doch er spürte, wie in ihr Neugier, vielleicht auch eine Spur Besorgnis aufkamen.

»Sie sind nicht derselbe Mensch wie gestern.«

Er lachte gespielt bitter auf.

»Wirklich?«

Er hätte nicht sagen können, ob er ehrlich war oder nicht. Wahrscheinlich vermengten sich Schauspiel und echte Verzweiflung, allerdings hinderte ihn das nicht, die Reaktionen des Mädchens aufmerksamst zu verfolgen.

»Sie haben angekündigt, daß Sie mit mir reden wollen.«

»Ja, das habe ich. Aber jetzt frage ich mich, ob es wirklich einen Sinn hat.«

Sie hatten die Brücke hinter sich gelassen und gingen jetzt langsam die ansteigende Straße hinauf, die durch die Unterführung von Galata nach Pera führt.

»Was wollten Sie mir denn sagen?«

Er blieb stehen, deutete auf den geschäftigen Betrieb um sie herum und seufzte:

»Glauben Sie, daß die Straße der richtige Ort ist, um über ein Schicksal zu entscheiden?«

»Wessen Schicksal?«

›Sie hat angebissen‹, sagte er sich. Das ordinäre Bild vom Köder kam ihm spontan, was um so verwunderlicher war, als ihn sonst alles Ordinäre anwiderte. Doch er schob die Skrupel weg: Man hätte ihn ja nicht so in die Enge zu treiben brauchen!

»Haben Sie Vertrauen in mich?« fragte er plötzlich und sah ihr in die Augen.

Sie zögerte einen Augenblick und murmelte dann:

»Ja, schon.«

»Dann bitte ich Sie, zu mir in die Wohnung zu kommen, nur für eine Stunde. Es ist viel, was ich Ihnen zu sagen habe. Unser Gespräch wird mehrere Schicksale entscheidend beeinflussen.«

»Aber Nouchi?«

»Nouchi zählt nicht! Es gibt sie nicht! Übrigens ist sie nicht da.«

Leyla zögerte noch.

»Ich weiß nicht, ob ...«

»Sie vertrauen mir also doch nicht!«

Sie war betroffen von seiner Niedergeschlagenheit, die durch das Monokel und die äußere Korrektheit indirekt noch verstärkt wurde, zumal Jonsac sich normalerweise unnahbar, unsentimental, ruhig gab, der reine Gegensatz zu heute.

»Gut, ich komme«, sagte sie und senkte den Kopf.

Wenn er noch einmal unsicher wurde, dann nur kurz, denn er hob gleich die Hand, um ein Taxi anzuhalten. Fünf Minuten später betraten sie das Haus, und als Jonsac den Aufzug bediente, mußte er sich ein Lächeln verbeißen, denn Leyla fragte:

»Sind Sie sicher, daß Nouchi nicht da ist? Ich möchte nicht, daß sie womöglich denkt...«

»Sie ist überhaupt nicht fähig zu denken!«

Er rächte sich. Er brauchte das jetzt, er mußte seine Gefährtin schlechtmachen, um gegen die Worte anzugehen, die ihm ständig wiederkamen:

›Bei Leyla mußt du das machen...‹

Das... Es war das Lächerlichste, Blamabelste, was er je gemacht hatte, diese idiotische Gewaltanwendung vorige Nacht, als sie auf dem Bett sitzend die letzten Kleidungsstücke auszog und ihren Lachkrampf bekam.

Leyla blieb stehen, als sie aus dem Aufzug trat, und der angehaltene Atem verriet ihre innere Spannung. Doch Jonsac zog einen kleinen Schlüssel aus der Tasche und sperrte die Tür auf.

»Ist niemand da?«

Wie als Antwort auf die Frage des Mädchens hörte man erst ein Geräusch, dann erschien der neugierige Kopf der Negerin.

»Keine Angst. Kommen Sie.«

Jonsac hielt den grünen Vorhang auf, der das Vorzimmer vom Salon trennte, und Leyla trat in das vom Balkon hereinströmende Sonnenlicht. Er selbst ging zu Maria hinaus und gab ihr fünf türkische Pfund.

»Du gehst jetzt zwei Stunden spazieren! Hast du verstanden?«

Sie verzog den Mund zu einem breiten Lächeln.

»Und vorher kommst du nicht zurück, ja?«

Sie zwinkerte, und Jonsac konnte nicht anders als ebenfalls lächeln, und zwar siegesbewußt. Er stand neben Leyla, als die Wohnungstür ins Schloß fiel.

»Was ist das?«

»Nichts. Es ist die Negerin, die zum Einkaufen geht.«

Ein Verdacht huschte durch den Blick des Mädchens, und gleichzeitig verfinsterte eine Wolke die Sonne, die wiederkam, um von neuem zu verschwinden.

»Das Gewitter«, sagte sie, um etwas zu sagen.

Sie blieb stehen, rang nach Fassung, umklammerte mit beiden Händen ihre Handtasche.

»Eine hübsche Wohnung. Haben Sie sie selbst eingerichtet?«

»Ja.«

Er log. Aber er konnte sich jetzt nicht bei Nebensächlichkeiten aufhalten.

»Meine Eltern sind etwas altmodischer. Würde ich sie machen lassen, so würden sie alles mit Krimskrams vollstellen, überall Porträts, Aquarelle, Alben . . .«

Sie lachte, obwohl ihr gar nicht danach war, und er lachte linkisch mit.

»Setzen Sie sich.«

Er zeigte auf einen mit grünem Samt bezogenen Diwan, der an der Wand stand. Weil Windstöße die Vorhänge aufblähten, ging er zur Balkontür und schloß sie. Als er sich umdrehte, hielt Leyla die geöffnete Handtasche vor das Gesicht und fuhr mit einem Lippenstift über den Mund.

Auf dem Tisch lag ein Kleid von Nouchi, Jonsac knüllte es resolut zusammen und schleuderte es in eine Ecke. Um ein Haar hätte er die Bar geöffnet und ihr einen Porto angeboten. Aber das wäre nun doch zu dumm gewesen: Junggesellenwohnung, Porto, Kekse... Leyla hätte sofort begriffen...

»Warum waren Sie gestern so abweisend, als wir uns trennten?«

»War ich abweisend?«

Sie mimte die Erstaunte, steckte den Lippenstift in die Handtasche zurück, die sie nach einem Blick auf eine winzig kleine Uhr wieder zuschnappen ließ.

»Die ganze Nacht lang habe ich daran gedacht. Und stundenlang habe ich mir im stillen vorgesagt, was ich Ihnen sagen wollte, aber jetzt ist alles weg...«

›Sehr gut!‹ lobte er sich selbst. ›Glänzende Eröffnung!‹

»Aber es kommt Ihnen doch hoffentlich wieder in den Sinn«, antwortete sie.

»Vielleicht... Wenn Sie mir helfen...«

»Was soll ich tun?«

»Mir erlauben, daß ich mich neben Sie setze, und mich nicht anschauen...«

Noch im Sprechen hatte er sich neben Leyla gesetzt

und ihr den Arm um die Taille gelegt. Er hatte den Eindruck, daß sie steifer wurde und in Abwehrhaltung ging.

»Jetzt brauchten wir bloß das Gespräch da weiterzuführen, wo wir es bei den ›Süßen Wassern‹ unterbrochen haben...«

Sie drehte sich zu ihm um und legte ihm mit ruhiger, unmißverständlicher Geste die Hand auf das Knie.

»Hören Sie...«

Er begriff, daß es nicht so leicht werden würde, und verlor schon ein wenig die Sicherheit.

»Ich weiß nicht, was Sie von mir denken. Sie haben mich in jener Nacht in einer lächerlichen, sogar widerwärtigen Situation erlebt. Anders als Ihre Freunde bin ich Alkohol nicht gewohnt. Ich bin auch die Atmosphäre nicht gewohnt, die dort herrschte.«

»Genau an diesem Abend...« begann er.

»Lassen Sie mich ausreden! Am Tag danach habe ich mich derart geschämt, daß ich sterben wollte. Ihnen habe ich geschrieben, weil ich Zutrauen zu Ihnen gefaßt hatte. Das Leben war für mich häßlich, schmutzig geworden...«

Erregter fuhr sie fort:

»Gestern bin ich mit Ihnen zu den ›Süßen Wassern‹ gegangen. Sie haben mich geküßt. Und jetzt sitze ich in Ihrer Wohnung, wo Nouchi jeden Moment hereinkommen kann. Was ich will, ist, daß Sie sich keine falschen Vorstellungen machen. Ich habe Ihnen vertraut. Ich weiß nicht, was Sie mir sagen wollen. Aber ich möchte Sie doch davor warnen, mit mir Ihr Spiel zu treiben. Ich wäre Ihnen nicht böse, wenn Sie mir sagen würden: ›Leyla, ich habe mich getäuscht. Es ist besser, wir gehen ...‹«

Jonsac, der einen roten Kopf bekommen hatte, wußte nichts Besseres zu tun, als zum Fenster zu gehen und die feuchte Stirn an die Scheibe zu drücken. Das Mädchen blieb sitzen. Sie sah den Mann nur von hinten. Sie wartete. In Jonsac stieg eine solche Wut auf, daß ihm Tränen in die Augen schossen. Er glaubte Nouchis Stimme zu hören: ›Bei Leyla mußt du das machen ...‹

Dicke Regentropfen klatschten auf den Balkon, obwohl die Sonne noch nicht ganz verschwunden war. Aus der Ferne war dumpfes Donnergrollen zu hören.

»Wir trennen uns jetzt als gute Freunde, ja?«

In Leylas Tonfall schwang Angst mit. Sie stand ebenfalls auf. Sie war nervös. Und er, obwohl er sicher wußte, daß die Tränen auf seinen Wangen zu sehen waren, drehte sich um.

»Leyla! ...«

Sie starrte ihn entsetzt an und stammelte:

»Sie weinen?«

Er verzog seine Lippen zu einem bitteren Lächeln, das, wie er wußte, seine Wirkung nicht verfehlen würde, wischte langsam das beschlagene Monokel ab und setzte es wieder ein.

»Warum weinen Sie?«

»Haben Sie das wirklich gedacht, was Sie eben gesagt haben?«

»Ich weiß nicht... Auf der Brücke waren Sie nicht wie sonst ... Ich glaubte zu spüren ...«

»Und jetzt ...«

»Ich weiß nichts mehr... Ich wollte Ihnen nicht

weh tun ... Sie müssen mich auch verstehen ... Ich bin ein Mädchen ... Bestimmte Dinge machen mir angst ...«

»Sie haben kein Vertrauen in mich!«

»Jetzt, glaube ich, habe ich Vertrauen.«

Ihre Hände verkrampften sich, vielleicht des Gewitters wegen, das mit unerwarteter Heftigkeit losbrach. Der Regen war schlagartig zum Wolkenbruch geworden und prasselte jetzt auf die Steinplatten des Balkons; unter der Balkontüre drang Wasser herein und bildete eine Pfütze, die bis zum Teppich des Salons reichte.

»Glauben Sie mir, daß ich Sie wirklich liebe?«

»Wenn Sie es sagen ...«

»Und wenn ich schwöre, daß ich nur den einen Wunsch habe: mit Ihnen zu leben, für immer, Sie zu heiraten?«

Das Gewitter brachte auch ihn durcheinander und übertönte manchmal seine Worte. Seine Nerven waren zum Zerreißen gespannt. Er glaubte sogar, im Vorzimmer ein Geräusch zu hören.

»War es das, was Sie mir sagen wollten?« murmelte sie, während ein Lächeln ihr Gesicht aufhellte.

Mit dem traurigen Ausdruck und der resignierten Haltung des Unverstandenen blieb er in ziemlicher Entfernung von ihr stehen. Sie machte einige Schritte auf ihn zu.

»Bernard!« murmelte sie und legte ihm die Hand auf die Schulter.

›Bei ihr mußt du das machen! Bei ihr mußt du das machen ... Bei ihr mußt du das machen ...‹

Er hatte ein paar Sekunden, um sich zu entscheiden.

9

Glauben Sie immer noch, ich hätte Sie in eine Falle gelockt?«

»Das habe ich nie gesagt.«

»Sie haben es gedacht! Geben Sie es zu! Eben hatten Sie Angst und bereuten, hierhergekommen zu sein.«

Er bewunderte sich selbst für den tiefen und warmen Klang seiner Stimme, für sein Geschick, seinen Erfolg. Um das Mädchen nicht zu verschrecken und im Vorteil zu bleiben, vermied er zu große körperliche Nähe, und statt sie in den Arm zu nehmen, kraulte er ihr nur freundschaftlich die rötlichen Nackenhaare.

»Keinen Augenblick habe ich Sie für ein Mädchen gehalten, mit dem man seine Spielchen treiben kann«, fuhr er fort.

Doch jetzt platzte mit rücksichtslosem, penetrantem Geklingel das Telefon in den Raum. Leyla fuhr zusammen und wich zurück, als hätte ihr jemand einen Schrecken eingejagt. Jonsac runzelte die Stirn und hob langsam ab.

»Ist Monsieur de Jonsac zu sprechen, bitte?«

Es war die Stimme einer Bürokraft oder einer Sekretärin, jedenfalls einer telefongewandten Frau.

»Am Apparat. Mit wem spreche ich?«

»Einen kleinen Moment. Der Herr Botschafter will Sie sprechen.«

Jonsac hatte feuchte Hände bekommen, er stand wie angewurzelt da und starrte auf Leylas Handtasche, die auf dem Tisch lag. Der Botschafter rief sonst nie an; wenn er ihm etwas zu sagen hatte, ließ er es immer durch seinen Attaché oder durch einen der beiden Botschaftsräte ausrichten.

Er kannte das große Büro im Haus am Bosporus, mit dem Gobelin an der rückseitigen Wand und dem Geruch nach Zigarren und russischem Eau de Cologne, den der Botschafter wie eine Fahne hinter sich her zog. Er hörte die Sekretärin sagen:

»Ich habe Monsieur de Jonsac am Apparat.«

Im Hintergrund waren andere Stimmen zu hören. Ein begonnenes Gespräch wurde zu Ende geführt.

Der Botschafter verabschiedete sich offenbar von jemandem. In Therapia schien es noch nicht zu regnen, denn durch das offene Fenster hörte man die Sirene eines Schiffes auf dem Bosporus.

»Sind Sie es, Jonsac?«

Er fuhr zusammen wie ein ertappter Missetäter und vergewisserte sich, daß Leyla nicht hersah.

»Ja, Exzellenz.«

Dessen Laune war offenbar nicht gut, denn normalerweise sprach er seine Mitarbeiter nicht mit dem Namen an, sondern mit »mein Freund« oder »mein Lieber«.

»Seit heute früh lasse ich Sie überall suchen. Können Sie sofort zur Botschaft kommen?«

»... Das heißt ... In ein oder zwei Stunden, wenn es möglich wäre ...«

Leyla, die dem Regen zuschaute, drehte sich um.

»Stimmt das, was ich eben erfahre? Sie versuchen, ein Finanzierungskonsortium auf die Beine zu stellen, und verkünden groß, Sie hätten die Unterstützung der französischen Regierung?«

»Ich?«

Jonsac begriff nicht gleich, doch dann erstarrte er vor Schreck und wäre am liebsten im Erdboden versunken.

»In den Botschaften und in türkischen Kreisen spricht man darüber, als wäre die Sache fast perfekt. Es werden bereits die Namen eines Abgeordneten und eines hohen Beamten herumgeboten...«

»Ich werde Ihnen die Sache gleich erklären...«

»Stimmt die Sache an sich?«

»Das heißt...«

»Kommen Sie so schnell wie möglich zu mir ins Büro, es ist höchste Zeit, daß diesem Märchen ein Ende bereitet wird.«

Obwohl am anderen Ende aufgelegt wurde, murmelte Jonsac noch:

»Auf Wiederhören, Exzellenz.«

»Sie müssen wohl weg?« fragte Leyla und griff nach ihrer Handtasche.

»Nein! Glauben Sie mir...«

»Sie wirken besorgt. Ist es etwas Ernstes?«

»Nun ja, etwas ziemlich Ernstes.«

Er war nervös und quetschte die Finger so ineinander, daß die Gelenke knackten.

Das war es also, was Nouchi und Amar Paşa die letzten Tage getrieben hatten! Was sollte er dem Botschafter antworten? Daß er überhaupt nichts wisse? Daß alles ohne sein Wissen geschehen sei?

Es befiel ihn wieder dieselbe Mutlosigkeit wie am Morgen, und um sich abzuregen, begann er, im Salon auf und ab zu gehen. Dann sah er Leyla an, die in der Nähe des Vorhangs zur Diele stand, und sein Blick wurde hart und entschlossen.

»Entschuldigen Sie mich«, sagte er leise. »Es ist schon wieder vorbei. Ich mußte kurz über etwas nachdenken.«

»Wir gehen jetzt. Ich jedenfalls. Sie dürfen nicht vergessen, daß meine Mutter und meine Freundinnen bei Tokatlian auf mich warten.«

»Aber Sie werden doch warten, bis das Gewitter vorbei ist. Kommen Sie, setzen Sie sich hierher.«

»Glauben Sie?«

Jetzt beeindruckte er sie, gerade der Nervosität und der Angst wegen, die seine Gesten entschiedener werden ließen. Er war entschlossen, die Sache zu erzwingen. Leyla würde zunächst seine Geliebte, und später vielleicht seine Frau. Aber dazu mußte er sie unbedingt heute und sofort besitzen, er hätte sonst das Gefühl gehabt, nie zum Ziel zu gelangen.

Er grinste beim Gedanken an die abwesende Nouchi.

»Ich habe schwere Sorgen, Leyla, aber wenn Sie noch ein paar Minuten dableiben könnten, würde alles gut.«

»Müssen Sie nicht zur Botschaft?«

»Das hat Zeit. Es wird sicherlich eine Weile dauern, bis wir uns wieder so nahe kommen. Vorhin haben Sie mir nicht geantwortet. Glauben Sie, daß Sie mich eines Tages lieben könnten?«

»Ich weiß es nicht.«

Ihr war sehr unwohl, wie sie jetzt auf der Kante des grünen Diwans neben ihm saß.

Zehnmal spähte sie zur Tür hinüber, und zehnmal mindestens wollte sie gehen. Vielleicht wußte sie ebenso wie er, was passieren würde. Schon lag ein Arm Jonsacs auf ihrer Schulter, und ihre Beine berührten sich.

Sie ließ es widerstrebend geschehen. Sie hatte Angst, gleichwohl ging sie nicht. Sie blickte ängstlich um sich, während der Arm des Mannes sie enger umfaßte und eine Hand ihrem unbedeckten Arm entlangglitt, um sich in den Ausschnitt ihrer Bluse zu schleichen.

»Ich habe Sie vom ersten Tag an geliebt, Leyla. Sie wissen es genau!«

»Gehen wir!« hauchte sie schamrot.

Was hinderte sie daran, aufzustehen und zu gehen, zur Tür hinaus, auf die Straße, ins Freie? Als ihr Blick auf das regenglänzende Fenster fiel, sehnte sie sich nach diesem kühlen Naß, das vom Himmel fiel, und sie hätte am liebsten dem Platzregen die Stirn dargeboten.

Sie war in den Armen eines Mannes gefangen und nahm seine Küsse hin, widerspruchslos, widerstandslos, sogar ohne innere Auflehnung, wie schicksalsergeben.

»Glauben Sie, daß Ihr Vater einwilligen wird?«

»Ich weiß es nicht.«

Sie schien weit entfernt vom Gedanken daran. Manchmal bäumte sich ihr Körper kurz auf, doch zu schwach, um ihn aus der Umarmung zu reißen.

»Sie sind schön, Leyla!«

Es war nicht mehr wichtig, was Jonsac im einzelnen sagte. Er wußte es auch selbst kaum mehr, obwohl er seinen klaren Kopf behielt. Er spürte, daß er nichts überstürzen durfte, daß sein Sieg noch nicht endgültig feststand.

Körperlich hatte er kein Verlangen. Er war nie leidenschaftlich gewesen, auch nicht sinnlich. Wenn er Leylas Körper streichelte, so verfolgte er damit ein konkretes Ziel, und was seine Augen aufleuchten ließ, war die Nähe des Sieges.

»Lassen Sie mich«, wehrte sie sich sanft und mit schon etwas verschwommenem Blick.

Dann leiser, bescheidener:

»Warum, Bernard?«

›Ja, warum?‹

»Weil ich Sie besitzen muß! Nachher, wenn Sie weg sind, muß ich spüren können, daß uns etwas fest miteinander verbindet. Verstehen Sie, Leyla? Nein! Stoßen Sie mich nicht zurück! Wir entscheiden in diesem Augenblick über unser Leben...«

Sie senkte die Lider über ihre traurigen Augen. Gedankenfetzen und unzusammenhängende Bilder gingen Jonsac noch durch den Kopf, der Botschafter mit seiner schneidenden Höflichkeit... Nouchi, die bald hereinkommen und ihren Hut durchs Zimmer fliegen lassen würde... Sein Tisch bei Avrenos... Leylas gelbes Ruderboot... Der Spitzbart ihres Vaters...

Seine Lippen hatten sich an den Lippen des Mädchens festgesaugt, und obwohl er nichts sah, hörte er mit irritierender Deutlichkeit den Regen auf den Balkon prasseln und sah innerlich die trüben Regentropfen die Scheiben herunterrinnen.

Wieder hatte er das Gefühl, daß sich jemand im Vorzimmer bewegt hatte. Er dachte, die Negerin sei vielleicht zurückgekommen. Sie war neugierig, und schon mehrmals hatten Nouchi und er, wenn sie abends zu Bett gingen, sie hinter dem Vorhang aufgescheucht.

Leylas zusammengepreßten Lippen entfuhr ein ersticktes Aufstöhnen, weil er sie plötzlich rückwärts hinunterdrückte. Kurz versuchte ihr Körper, sich zu wehren. Zweimal riß sie entsetzte, flehende und doch schicksalsergebene Augen auf, dann verzerrten sich krampfhaft ihre Züge, als Jonsac durch seinen Sieg zum Stillstand kam und ein Schweißtropfen von seiner Stirn fiel.

Leyla weinte still. Ihr Gesicht war bleich, ihre Stirn zerfurcht, ihre Lider in einem schmerzlichen Ausdruck fest geschlossen, und manchmal löste sich eine Träne und rann den Nasenflügel hinunter.

Sie dachte nicht daran, die Blößen ihres Körpers oder ihr Gesicht zu bedecken. Ihre eine Hand lag auf der zur Hälfte unbedeckten Brust, die andere mit gespreizten Fingern auf dem grünen Samt des Sofas.

»Leyla!«

Auch Jonsacs Stirn lag in Falten, als er sich erhob, einen flüchtigen Blick in den Spiegel warf und die Krawatte zurechtrückte.

»Warum weinen Sie, ich liebe Sie doch...«

Er fand nicht mehr den richtigen Tonfall. Er wartete ungeduldig darauf, daß das Mädchen vom Diwan aufstehen würde, vor allem darauf, allein zu sein und über die peinliche Angelegenheit mit der Botschaft nachzudenken, die ihn bedrückte.

»Soll ich das Fenster öffnen?«

Damit konnte er ein wenig Leben von draußen in den Salon hereinlassen, und er war weniger allein mit ihr. Er wollte schon eine Zigarette anzünden, doch dann steckte er das Etui wieder in die Tasche.

»Meine kleine Leyla, Sie dürfen mir nicht böse sein. Wenigstens gehören wir jetzt einander und...«

Er erstarrte, und das Wort blieb ihm im Halse stekken. Er hatte sich umgedreht und hinten im Salon Nouchi entdeckt, die neben dem grünen Vorhang, schon innerhalb des Raums stand. Ihre Augen lachten nervös, ihre Nase war spitzer denn je, und sie sah Jonsac so durchdringend an, daß er den Kopf senkte.

Sie rührte sich nicht. Vielleicht hatte sie schon lange dort gestanden. Ein Luftzug wehte ins Zimmer und blähte die Vorhänge auf.

Es war wohl Jonsacs Verstummen, das Leyla aus ihrem stillen Schmerz aufschreckte. Erst rührte sie eine Hand und wunderte sich, sie auf einer nackten Brust zu finden; dann öffnete sie die Augen und blickte eine Weile zur Decke.

Sie mußte gespürt haben, daß etwas nicht stimmte, denn sie richtete sich plötzlich auf, sah Jonsac an, erblickte Nouchi und stieß einen durchdringenden Schrei aus. Noch nie hatte Jonsac ein menschliches Wesen so schreien hören.

»Lassen Sie sich nicht durch mich aufhalten«, sagte Nouchi und ging zum Tisch, um ihre Handtasche neben die Leylas zu stellen.

Sie trug ein Kostüm und einen Hut, den sie jetzt mit einem kurzen Blick in den Spiegel abnahm, wie es eben eine Frau tut, die nach Hause kommt.

»Ich bin seit einer guten Viertelstunde hier, wollte aber das Schäferstündchen nicht stören.«

Unwillkürlich mußte Jonsac an ihre Erzählung von den Winternachmittagen in Wien denken, an ihren Nachhauseweg mit der Schwester, die den Männern hinter die Bretterwände folgte.

Nouchi hatte damals zugeschaut, und heute hatte sie es auch getan.

»Wie wär's jetzt mit einer Tasse Tee?«

Jonsac getraute sich nicht, zu Leyla aufzuschauen, doch sie befand sich, ein wenig unscharf vor dem blaugrünen Lichtfleck des Fensters, rechts von ihm in seinem Blickfeld. Sie bewegte sich nicht. Es war unmöglich, ihre Gedanken zu erraten oder zu erahnen, was sie vorhatte. Ihr helles Kleid war zerknittert und der Haarknoten, den sie tief im Nacken trug, hatte sich gelöst.

»Hast du das Dienstmädchen zum Bäcker geschickt?«

Man hörte einen seltsam gurgelnden Laut, etwas zwischen einem Schluchzen und einem Röcheln. Er kam gleichsam aus tiefster Brust, und im selben Moment löste sich Leyla aus ihrer Erstarrung, rannte auf den Balkon hinaus, wo sie sich an die Brüstung anklammerte.

»Leyla!« schrie Jonsac und stürzte hinaus.

Vielleicht hatte er damit die Reaktion des Mädchens erst hervorgerufen oder sie beschleunigt. In Panik, wie ein in die Enge getriebenes Wild, überstieg sie so flink das Geländer, daß man kaum gewahr wurde, wie sie auf der anderen Seite verschwand.

Jonsac war unfähig weiterzugehen. Er blieb stehen, erst preßte er beide Hände an den Kopf, dann biß er sich in die Faust und stampfte wütend auf den Boden.

Man hörte nicht, wie der Körper auf dem Gehsteig aufschlug, doch schon bald schrillte die Trillerpfeife des an der Straßenecke postierten Polizisten, darauf erklangen eilige Schritte.

»Schau schnell! Schau doch!« brüllte Jonsac Nouchi an.

Er selbst getraute sich nicht hinunterzusehen. Er wollte es nicht sehen. Er war vor Entsetzen wie von Sinnen.

Nouchi war langsam auf den Balkon hinausgegangen.

»Wir müssen hinunter«, sagte sie mit normaler Stimme. »Die Leute stehen um sie herum, und einige schauen herauf.«

Mit langsamer, matter Bewegung nahm sie den Hut vom Tisch, setzte ihn auf und ging langsam zur Tür.

»Ich gehe!«

Sie wußte, daß er nicht hinuntergehen würde. Er ließ sie hinausgehen, dann lief er ihr nach und schrie, als sie schon ein Stockwerk tiefer war:

»Ihre Mutter erwartet sie bei Tokatlian!«

Eine unbestimmte Furcht ließ ihn die Wohnungstür absperren. Das Telefon klingelte wieder.

»Französische Botschaft. Spreche ich mit Monsieur de Jonsac?«

Es war die Stimme der Sekretärin, die er schon vorhin gehört hatte.

»Der Herr Botschafter läßt Ihnen ausrichten, er müsse um fünf Uhr weg und Sie sollen unverzüglich ein Taxi nehmen.«

Er hätte am liebsten geheult, doch er konnte es nicht. Er brachte nur Grimassen zustande, während er kreuz und quer durchs Zimmer lief und so viel Lärm wie möglich machte, um die Straßengeräusche nicht zu hören.

Er hatte nie Verletzte ansehen können, nicht einmal einen überfahrenen Hund. Er fühlte sich elend, und plötzlich stürzte er ins Bad und übergab sich.

Es waren zehn Minuten, vielleicht eine Viertelstunde vergangen, seitdem es passiert war. Er hatte inzwischen die Sirene des Krankenwagens gehört. Ob er schon wieder weggefahren war? Er bewegte sich zum Balkon hin, nach jedem Schritt blieb er stehen, doch schließlich reckte er den Kopf vor.

Es standen noch Schaulustige auf dem Gehsteig, doch Leyla war nicht mehr da, Nouchi ebenfalls nicht.

Jonsac nahm seinen perlgrauen Hut und wollte wie gewohnt den Aufzug nehmen. Doch er überlegte es sich anders und benützte den Dienstbotenaufgang, um niemandem zu begegnen.

›Die Polizei wird an der Wohnungstür klingeln!‹ sagte er sich, während er ein Taxi herbeiwinkte.

Es würde aussehen, als sei er geflohen, weil ihn vielleicht Schuld traf, dabei fuhr er doch nur zur Botschaft. Blieb ihm denn eine Wahl?

›Außerdem hat sie bereits einen Selbstmordversuch

unternommen! Das wird bei der Untersuchung sicher festgestellt werden!‹

Dieser Gedanke beruhigte ihn ein wenig. Er fand nur einen offenen Wagen, der bald an der Konditorei vorbeifuhr. Der Regen hatte etwas nachgelassen. Schon drangen die ersten schrägen Sonnenstrahlen durch. Hinter den Fenstern der Konditorei sah man Leute Tee trinken oder Eis essen.

Etwas später fuhr er an Müfti Bey vorbei, der auf dem Gehsteig ging und ihm zuwinkte. Er wußte noch nichts!

Um ein Haar wäre das Taxi beim Überholen mit einer Straßenbahn zusammengestoßen. Jonsac beugte sich vor:

»Sind Sie verrückt?« schrie er den Fahrer an. »Fahren Sie langsamer, sonst nehme ich ein anderes Taxi!«

Was hatte Nouchi gesagt, als sie unten war? Man hatte sie sicher befragt. Der Körper mußte noch...

›Exzellenz...‹

Er versuchte, sich auf das Gespräch vorzubereiten.

›Man hat vielleicht meinen Namen mißbraucht, aber ich gebe Ihnen mein Wort, daß ich von der Sache überhaupt nichts weiß und...‹

Nein! So ging es nicht. Er wußte zwar nicht viel von dieser Rennbahngeschichte, aber es war immerhin seine Frau, die das Ganze eingefädelt hatte, seine offizielle Ehefrau! Ob man das in der Botschaft überhaupt wußte?

Es wäre wohl klüger, wenn er von Leyla spräche.

›Entschuldigen Sie, Exzellenz... Aber mir ist etwas Entsetzliches zugestoßen...‹

Vielleicht könnte die Botschaft die Formalitäten vereinfachen? Warum hatte sich Leyla vom Balkon gestürzt? Eigentlich hätte sie doch wissen müssen, worauf sie sich einließ, wenn sie zu ihm kam. Und war nicht überhaupt sie es gewesen, die ihm nachgestellt hatte?

Er hatte sie nicht angelogen, als er versprach, sie zu heiraten. Es wäre nicht ausgeschlossen gewesen.

»Sie ist kapriziös, unberechenbar«, sagte er zu sich selbst.

Ein Bild belastete ihn allerdings mehr als alles andere, mehr als die Tragödie selbst. Es war Leylas Gesicht, die zugepreßten Augenlider, die zerfurchte Stirn – *davor* . . .

Er wurde sich nicht klar, was er bei der Erinnerung daran empfand, wie der Ausdruck dieses Gesichts zu deuten gewesen wäre. Es erinnerte ihn an bestimmte gotische Madonnen, vor denen man stundenlang träumen kann, ohne ihnen je ihr Geheimnis zu entlocken.

In diesen Bildern liegt kein Schmerz, auch kein Aufbegehren. Vielleicht etwas wie Ergebenheit der Welt in ihr Schicksal?

»Sie hätte bloß nein zu sagen brauchen! Ich hätte keine Gewalt angewendet!«

In Therapia war, von einigen gelblichen Rinnsalen am Straßenrand abgesehen, vom Regen bereits nichts mehr zu merken.

Hätte Leyla ihrem Schicksal entgehen können? Sie hatte sich nicht aus sexuellem Antrieb heraus mit dem Mann eingelassen.

›Sie wollte heiraten! . . .‹

Er errötete, er hatte das Andenken an die Tote besudelt. War sie überhaupt tot? Es gab Leute, die solche Stürze überlebt hatten!

›Von der Botschaft aus rufe ich die Polizei an...‹

Noch besser war, Nouchi zu treffen, sie wußte es sicher! Er mußte um jeden Preis mit ihr reden, bevor er irgend etwas sagte, sonst könnten sich ihre Aussagen widersprechen. Sie hatte ja ihren klaren Kopf behalten!

Er sah das Auto des Botschafters vor dem Portal stehen, demnach war er noch da.

»Man bittet Sie zu warten«, kam der Botschaftsdiener mit der Silberkette sagen.

Der Geruch nach Zigarre und russischem Eau de Cologne erfüllte auch das Vorzimmer mit den roten Samtsesseln. Hinter der gepolsterten Tür vernahm man undeutlich Stimmen. Der Zeiger einer Wanduhr aus weißem Marmor rückte jede Minute einen Strich vor.

Jonsac wurde von einer unerträglichen Angst gepackt. Er konnte nicht mehr stillsitzen. Aber er konnte auch nicht weggehen. Er hatte sein Taxi nicht warten lassen, sonst wäre er vielleicht hinausgestürzt.

Hinter der Tür unterhielt man sich in gemessenem Ton, als ob nichts passiert wäre.

»Das ist doch nicht möglich!« stöhnte er halblaut.

Es tat ihm alles weh. Seine Knie zitterten.

›Wenn in drei Minuten...‹

Nach den drei Minuten gewährte er sich nochmals drei Minuten Aufschub, weil er nicht wußte, wohin er gehen sollte. Durch die halbgeöffnete Tür sah er auf die Halle hinaus, wo der Botschaftsdiener an einem kleinen Schreibtisch saß und eine französische Zeitung las, die er beim geringsten Geräusch unter seiner Schreibunterlage versteckte.

»Ihr Vater ist sicher schon benachrichtigt worden!...«

Die Angst steigerte sich zur Panik. Er konnte nicht mehr! Botschaft hin oder her! Er beugte sich vor und griff nach dem Hut, der vor ihm auf einem Sessel lag.

»Auf Wiedersehen, mein Bester... Meine Empfehlungen an die verehrte Frau Gemahlin...«

Der Botschafter behielt die Tür offen und sagte in verändertem Tonfall:

»Ach, Sie, sind Sie da! Kommen Sie herein.«

Mit einem leichten Federknarren schloß sich hinter ihnen die gepolsterte Tür.

10

Als der Botschafter Jonsac verabschiedete, schien er ebenso verlegen zu sein wie sein Besucher, dem er langsam und ostentativ die Hand hinstreckte, als wolle er der Geste einen über die bloße Höflichkeit hinausgehenden Sinn verleihen.

»Kommen Sie morgen wieder, wie gewohnt«, sagte er.

Das Gespräch hatte über eine halbe Stunde gedauert. Die Sekretärin war gebeten worden hinauszugehen, und der Botschaftsdiener hatte mehrmals an der Tür gehorcht, als es drinnen besonders laut zugegangen war.

»Wirklich? Sie behaupten also, ganz und gar unbeteiligt zu sein an dieser Gesellschaft mit ihrer angeblichen Unterstützung seitens der ...«

Jonsac reagierte nicht, er merkte kaum, daß es um gewichtige Dinge ging, und während der Botschafter sprach, überlegte er, wie er Nouchi treffen könne. Denn er mußte mit ihr reden, bevor er irgend etwas anderes tat, ja bevor er einen Fuß in die Wohnung setzte, in der ihn vielleicht schon die Polizei erwartete!

›Wenn Leyla tot ist, hat man den Leichnam zu den Eltern gebracht‹, sagte er sich. ›Wenn sie nicht tot ist, so liegt sie im Krankenhaus, und Nouchi ist ebenfalls dort ...‹

Mit sorgenvoller Miene, die Gedanken ganz woanders, versuchte er den Ausführungen des Botschafters zu folgen, der jetzt eindringlicher wurde. Worte wie Vertrauensmißbrauch und Taktlosigkeit fielen, und Jonsac sagte immer noch nichts, sondern nickte nur zerknirscht.

Dem Botschafter wurde es allmählich zu bunt. Nach kurzem Zögern schlug er andere Töne an.

»Sie haben, wie ich höre, eine neue Wohnung, Monsieur de Jonsac!«

Dieser nickte wieder. Auf einmal schwante ihm, was kommen würde.

»Ich habe mir sagen lassen, es sei eine Luxuswohnung, und Sie würden nicht allein darin wohnen...«

Im Collège Stanislas, wo er Internatszögling gewesen war, hatte er mit dem Disziplinpräfekten eine Unterredung gleichen Stils gehabt. Er war damals mit fünfzehn einer Frau, die auf dem Gehsteig promenierte, in ein Billighotel gefolgt. Es war am Boulevard Sébastopol gewesen. Jemand hatte es gesehen.

»Eine Schande für die Institution, eine Schande für Sie, Monsieur de Jonsac«, hatte der Präfekt getönt.

Mit weniger Emphase murmelte jetzt der Botschafter:

»Sie kennen die Klatschsucht in Stambul. Mir wäre doch sehr lieb, wenn über Botschaftsangehörige nicht solche Peinlichkeiten zirkulieren würden, wie sie über Sie gemunkelt werden...«

Er erwartete einen Ausbruch, heftigsten Protest, doch statt dessen erhielt er nur ein bitteres Lächeln, das ihn vollends in Rage brachte.

»Kapieren Sie denn gar nichts? Die Frau, mit der Sie zusammenleben, ist doch Nachtklubtänzerin, nicht wahr? Man sieht sie aber Tag und Nacht in Begleitung von Personen, die als Lebemänner bekannt sind. Und Sie trotten hinter ihr her und nehmen es in Kauf, wenn es heißt ...«

Jonsacs Augen leuchteten auf. Diesen Gedanken hatte er selbst schon gehabt, und er hatte es irgendwie kommen sehen.

»Daß ich mich von ihr aushalten lasse«, sagte er mit einer Deutlichkeit und Ruhe, die ihn selbst überraschte.

Jetzt war es der Botschafter, der den Kopf abwandte, und Jonsac fügte hinzu:

»Sie legen mir wahrscheinlich die Kündigung nahe?«

»Nein! Ach was! Mir kam es darauf an, die Sache mit Ihnen zu klären, und zwar heute und nicht erst morgen.«

Das war es. Es mußte ihm den ganzen Tag lang Bauchgrimmen bereitet haben, und er wollte es endlich loswerden.

»Ich will ja nur Ihre Stellungnahme hören, das wissen Sie selbst.«

»Herr Botschafter, ich bin außerstande, heute auch nur das Geringste dazu zu sagen. Ich biete Ihnen meine Kündigung an ...«

Diese Worte kehrten wie ein Leitmotiv wieder. Wenn Leyla nicht auf der Stelle tot gewesen war, so rang sie vielleicht zur Stunde in einem Krankenhausbett mit dem Tod.

Er wunderte sich, daß die Polizei nicht in der Botschaft anrief und nach ihm fragte. Das Telefon würde sicherlich im nächsten Augenblick klingeln.

»Ich verstehe Ihre Haltung nicht, aber ich bin bereit, Ihre Erklärung abzuwarten...«

Kaum hatte der Botschafter sich erhoben, flüchtete Jonsac buchstäblich aus dem Raum, er stieß gegen den Türrahmen und ergriff nur flüchtig die Hand, die ihm aufmunternd hingehalten wurde. Er lief durch die Halle und die Stufen der Außentreppe hinunter und wollte schon zum Hotel von Therapia rennen, um dort nach einem Taxi Ausschau zu halten, als bei einem am Straßenrand parkenden Auto die Tür aufging.

Nouchi bedeutete ihm wortlos, sich neben sie zu setzen. Sie war bleich und auf eine Weise ernst, die bei ihr völlig neu war. Ihre Gesten waren gemessen, fast zeremoniell. Im Halbdunkel des Taxis empfand er beklemmende Angst, und einen Augenblick lang ging die Phantasie mit ihm durch und er stellte sich vor, er sei verhaftet und man führe ihn ins Gefängnis ab...

»Ist sie tot?« brachte er endlich über die trockenen Lippen.

Nouchi schüttelte den Kopf, gleichzeitig wurde ihr Blick hart, und sie stieß einen Seufzer aus, als wollte sie sich von quälenden Bildern befreien.

»Man hat sie ins englische Krankenhaus gebracht, weil es das nächste war«, antwortete sie schließlich.

Das Taxi fuhr langsam dem Bosporus entlang, der Fahrer wartete darauf, daß man ihm das Fahrtziel angab. Nouchi merkte es plötzlich, sie beugte sich vor, kurbelte die Scheibe herunter und nannte Müfti Beys Wohnung.

Sie erriet die Frage in Jonsacs Blick:

»Ich bin ins ›*Tokatlian*‹ gegangen ... Sie waren vollzählig versammelt ... Auch der Vater ... Ein Polizeibeamter ist mit mir gekommen ...«

Jonsac hätte sich gern die Vorstellung der Szene in der Konditorei erspart, in der zu dieser Stunde ein berühmtes Streichquartett musizierte.

»Die Frauen sind zur Tür hinausgestürzt und zum Krankenhaus gerannt ... Ich habe mich im Hintergrund gehalten ... Der Vater hat den Polizisten Fragen gestellt ...«

»Was hat er gesagt?«

»Ich weiß es nicht ... Man hat mich auch nicht in das Krankenhaus gelassen ... Ich mußte auf die Polizeiwache, wo ich erklärt habe, wie es passiert ist ...«

Sie war erschöpft. Sie sprach mit ausdrucksloser Stimme, doch hatte sie nicht die Nerven verloren. Sie dachte noch klar. Sie wußte, wo sie war, und wies sogar den Fahrer darauf hin, daß er die falsche Straße nahm.

»Sie wollten dich in der Botschaft holen lassen ... Ich habe erreicht, daß du erst morgen vernommen wirst ...«

Sie kamen in den dichten Stadtverkehr, und Nouchi legte die Hand auf Jonsacs Arm.

»Du mußt aufpassen ... Der Polizeioffizier hat mich gewarnt ... Am Krankenbett soll Leylas Vater gedroht haben, er bringe dich um ...«

Das war also der Grund, warum sie ihn nicht nach Hause, sondern zu Müfti Bey brachte!

»Ich habe Tevfik getroffen«, fuhr Nouchi fort. »Als

Journalist bekommt er jede Auskunft... Er weiß, wo er uns erreichen kann...«

Zu diesem Zeitpunkt war nicht nur Tevfik auf dem laufenden, sondern die ganze Gruppe. Bei Avrenos, wo schon zu Abend gegessen wurde, sprach man sich jetzt wahrscheinlich über die Tische hinweg an und deutete auf Jonsacs Platz. Vielleicht erinnerte sich Avrenos auch an das Mädchen, das tags zuvor mit ihm Kaffee getrunken hatte, und beschrieb es den Gästen.

Selim Bey, die Ahbad-Brüder, Amar Paşa, Stolberg, jeder hatte die Nachricht irgendwo zufällig auf der Straße oder in einer Bar von Pera erfahren.

»Müfti ist nicht da, aber ich weiß, wo er den Schlüssel hat.«

Jonsac wurde an die Worte des Botschafters über seine Beziehung zu Nouchi erinnert. Er sah ihr zu, wie sie das Taxi bezahlte, die Haustür öffnete und den Schlüssel hinter dem Aufzugschacht hervorholte, wo Müfti sein Versteck hatte. Er, der seit Jahren mit ihm befreundet war, kannte es nicht!

Das Paar stieg die wenigen Stufen hinunter, und weil es dunkel war, knipste Nouchi das Licht an, dessen Schalter sie nicht erst suchen mußte, sondern auf den ersten Griff fand.

»Ich muß Amar Paşa anrufen«, sagte sie.

Auf dem Tisch standen die Reste einer Mahlzeit, und auf dem Diwan lag schmutzige Wäsche, die Nouchi in einen Schrank warf. Jonsac entdeckte eine Flasche Raki, schenkte sich ein Glas voll und leerte es in einem Zuge.

»Sind Sie es?« fragte Nouchi in ungewohntem Tonfall, nachdem die Verbindung hergestellt war. »Ja! … Ich bin bei Müfti … Sie müssen unbedingt so bald wie möglich hierherkommen … Bitte? … Sehen Sie doch bitte zu, daß Ihre Gäste bald gehen! … Es ist sehr wichtig! … Sie brauchen nur die Abendzeitung aufzuschlagen, dann wissen Sie Bescheid …«

Tevfik hatte ihr nämlich gesagt, daß die Nachricht in den Sieben-Uhr-Blättern erscheinen würde, und diese wurden in der Grande Rue von Pera bereits verkauft.

Nouchi legte auf und ließ sich, vor Müdigkeit ächzend, auf den Diwan sinken.

»Ich hätte nie geglaubt, daß sie dazu fähig ist!« sagte sie dann.

Es war das erste Mal, daß sie die Tragödie und deren Ursachen ansprach.

»Ich wundere mich, daß Tevfik nicht da ist. Er weiß, daß wir auf Nachrichten warten.«

Sie bemerkte, daß Jonsac zur Raki-Flasche blickte, und sagte:

»Trink nicht so viel … Iß lieber etwas …«

Sie stand schon wieder. In einem Schrank entdeckte sie ein Stück Räucherfisch und Brot.

»Ich möchte bloß wissen, was die alle tun … Amar Paşa hat Gäste zum Abendessen. Er schickt sie weg, sobald er kann. Ich glaube, Kataş Bey ist auch dort. Hast du mit dem Botschafter gesprochen?«

Er schüttelte den Kopf.

»Ist vielleicht besser so.«

Sie waren beide überreizt, beim kleinsten Geräusch fuhren sie zusammen. Unter anderem hörte man immer wieder etwas wie ein gewaltiges Ansauggeräusch. Es war der Aufzug, der nach jeder Fahrt im Untergeschoß landete, direkt hinter dem Wandschrank.

Durch das Fenster, das aus einem Lichtschacht zu ebener Erde auf die Straße ging, sah man die Füße der Passanten, und Nouchi und Jonsac blickten erwartungsvoll dorthin.

»Er ist bleich geworden ... Er hat nicht geweint ... Er hat sich überhaupt nicht gerührt ...«

Sie brauchte nicht zu erläutern, von wem sie sprach. Jonsac wußte, daß Leylas Vater gemeint war, und er sah ihn wieder in seinem Salon sitzen, geniert, zögerlich, wie er seinem Besucher einen Porto anbot, um sich Haltung zu geben, und ihn dabei verstohlen beobachtete.

Vielleicht hatte ihn, als Jonsac damals hereinkam, eine Ahnung beschlichen? Er hatte seine Tochter nicht zu fragen gewagt, ob er ihr Liebhaber sei, und jetzt, nur Wochen später, mußte er erfahren ...

»Solche Männer sind am gefährlichsten«, sagte Nouchi. »Je ruhiger und schüchterner sie normalerweise sind, desto wildwütiger werden sie, wenn ...«

Jonsac stand auf und quetschte sich die Finger zusammen, daß sie knackten.

»Iß etwas!«

Er konnte nicht. Er konnte aber auch nicht sitzen bleiben. Er konnte nicht mehr abwarten.

Zum Glück ging die Tür auf, und der Albaner kam herein, geschäftig und geheimnisvoll, wie die ganze Clique wohl jetzt tat. Er schloß die Tür sorgfältig hinter sich ab, als befürchtete er ungebetene Gäste.

»Ich habe eben mit Tevfik Bey gesprochen«, berichtete er mit gedämpfter Stimme.

Selbst das Licht schien mitzutrauern, denn in der Junggesellenwohnung war es düster wie in einem Totenzimmer.

»Er muß in der Redaktion bleiben, weil er seinen Chef vertreten muß, der krank ist. Er kann erst gegen Mitternacht kommen...«

Das Paar blickte bange auf ihn.

»Sie ist nicht tot!«

»Wird sie durchkommen?« fragte Nouchi.

»Man hofft es...«

Der Albaner hatte gleichwohl eine zerfurchte Stirn.

»Sie hat sämtliche Beckenknochen gebrochen... Ihr Vater hat angeblich bereits telefonisch einen berühmten Chirurgen aus Wien herbeordert... Er soll morgen früh eintreffen...«

Jonsac wischte sich mit dem Taschentuch den Schweiß von der Stirn und schenkte sich trotz Nouchis Blicken einen kräftigen Schuß Raki ein. Der Albaner tat es ihm nach.

»Müfti wird sicher gleich kommen...«

Er machte sich an seine gewohnte Arbeit, öffnete den Gashahn, zündete den Boiler in der Küche an, räumte den Tisch ab und breitete ein Tischtuch darüber.

»Konnte sie sprechen?« fragte Nouchi plötzlich etwas lauter, damit der Albaner sie in der Küche hören konnte.

»Ich weiß nicht, Tevfik hat mir nichts darüber gesagt...«

Sie ging zum Telefon, rief die Zeitung an, bei der ihr gemeinsamer Freund arbeitete, und murmelte halblaut:

»Verbinden Sie mich mit Tevfik Bey, bitte ... Das ist unwichtig! ... Sagen Sie, Nouchi sei am Apparat.«

Sie mußte warten, denn Tevfik telefonierte auf einer anderen Leitung mit dem Genfer Korrespondenten.

»Sind Sie es? Nein! ... Ich möchte nur wissen, ob sie vernehmungsfähig ist ... Hören Sie, mein Kleiner ... Versuchen Sie es umgehend herauszufinden und rufen Sie mich zurück ... Ja, wir bleiben diese Nacht hier ...«

Jonsac hatte die Bedeutung der Frage nicht gleich erfaßt. Nouchi machte sie ihm mit einem einzigen Satz klar.

»Der Polizeibeamte, dem ich den Hergang schildern mußte, meinte, mehr zu sich selbst als zu mir:

›Es gibt keine Zeugen, das ist schlecht ...‹«

Anders gesagt: Nouchis Angaben, die Jonsac am nächsten Tag bestätigen würde, könnten auch falsch sein! Es würde nicht zu beweisen sein, daß das Paar das Mädchen nicht in eine Falle gelockt oder daß Jonsac nicht versucht hatte, sie zu vergewaltigen.

Dieser Gedanke bedrückte ihn mehr als alles andere. Als er letztes Jahr in Athen gewesen war, hatte dort ein Sittenskandal für Schlagzeilen gesorgt. Der Beschuldigte, ein reicher Grundbesitzer, hatte junge Mädchen auf sein Gut gelockt, wonach sie spurlos verschwunden waren. Es zirkulierten die wildesten Vampirgeschichten, und Jonsac erinnerte sich, welches Unbehagen er empfunden hatte, als er das Foto des Mannes in der Zeitung sah.

Es war ein ganz normal wirkender Mann, der besser aussah als er selbst und zufällig ebenfalls ein Monokel trug. Am Tag nach seiner Verhaftung hatte er sich mit den Hosenträgern erhängt, und die Erinnerung daran schnürte Jonsac jetzt so die Kehle zu, daß er sofort etwas zu trinken brauchte.

»Da kommt Müfti!« verkündete der Albaner, der ihn am Schritt erkannt hatte.

Er war es. Er kam so ernst und schweigsam herein, als betrete er ein Totenhaus.

»Ist Selim Bey nicht hier?«

»Noch nicht.«

»Er hat mir am Telefon gesagt, er würde kommen. Guten Abend, Nouchi.«

Er küßte sie auf die Stirn, wie es seine Gewohnheit geworden war, dann setzte er sich, sah Jonsac an und seufzte:

»Wie steht's denn?«

»Wir warten auf weitere Nachrichten von Tevfik.«

Sie trafen nach etwa einer Stunde ein: Leyla war wieder bei Bewußtsein. Man hatte ihr Novokain gegen die Schmerzen gespritzt. Die Ankunft des Wiener Chirurgen per Flugzeug wurde bestätigt.

Selim Bey war gekommen. Jeder schenkte sich von Zeit zu Zeit Raki nach, und als die Flasche leer war, verlangte der Albaner Geld und besorgte im Viertel Nachschub.

Es wurde wenig gesprochen. Selim Bey kaute an einem Stück Räucherfisch herum.

»Du hättest dich nicht zeigen dürfen«, sagte er plötzlich zu Nouchi.

Auch er duzte sie. Nouchis Pupillen rückten zusammen, ihre Nasenlinie wurde feiner, dann bemerkte sie säuerlich:

»Sie hätte es auch woanders tun können statt in meiner Wohnung!«

Jonsac sagte nichts, doch im alptraumhaften Nebel, in dem er sich befand, hatte er zum ersten Mal das Gefühl, daß Nouchi eifersüchtig war.

»Wenn Amar Paşa die Angelegenheit nicht bereinigen kann, wird eine Untersuchung eingeleitet.«

Jonsac dachte wieder an den Vampir von Athen. Im Ermittlungsverfahren hatten sich die harmlosesten Kleinigkeiten gegen ihn ausgewirkt. So hatte er auch Haschisch geraucht, und die Anklage hatte ihn als Rauschgiftsüchtigen hingestellt.

Es ging gegen halb zwölf, und eine dritte Raki-Flasche war eben entkorkt worden, als ein Auto vor der Tür hielt. Amar Paşa trat ziemlich verwirrt ein, drückte Nouchi beide Hände und übersah Jonsac geflissentlich.

»Ich habe versucht, mit dem Innenministerium zu telefonieren«, sagte er. »Aber ich habe niemanden erreicht. Beim Ghasi findet ein Fest statt.«

»Tevfik hat versprochen, um Mitternacht da zu sein. Er wird Genaueres wissen.«

Sie lagen auf schmalen Diwanen oder auf Kissen auf dem Boden und warteten. Man sprach wenig, hie und da streckte man die Hand nach dem Rakiglas aus. Der Ahbad-Bruder mit dem Kalmückengesicht kam ebenfalls, wortlos und mit wildem Blick verkroch er sich in eine Ecke und hatte schon eine Viertelstunde später vom Suff verquollene Augen.

»Ich werde nicht lange bleiben können«, sagte Amar.

Jonsac erinnerte sich undeutlich an die Geschichte mit der Pferderennbahn, doch er schaffte es nicht mehr, das Thema anzuschneiden. Er war zu nichts mehr fähig, nicht einmal mehr zum Denken. Der Alkohol bewirkte bei ihm an diesem Abend keinerlei Rausch, sondern ließ ihn in einer bleiernen Benommenheit versinken. Er hörte nur noch Fetzen des Gesprächs.

»Alles hängt davon ab, ob die Familie Anzeige erstattet...«

»Leyla ist volljährig, längst volljährig...«

»Sie hat es bewiesen, indem sie sich bei Stolberg nackt auszog!«

»Ja, wo ist übrigens Stolberg?«

»Er kommt, sobald die Luft rein ist...«

Der Albaner hatte eine Pfeife gestopft, die offenbar auch geraucht wurde, denn süßlicher Haschischgeruch erfüllte nach und nach das Zimmer.

Zwischendurch döste Jonsac immer wieder halb ein. Wörter und Bilder wirbelten in ihm durcheinander, seine Gedanken waren ein einziges Wirrwarr von zusammenhanglosen Eindrücken und Erinnerungsfetzen.

»Ist ein Beckenbruch schlimm?«

Alle sahen auf, als Tevfik Beys Schritte ertönten. Er hatte den ganzen Abend lang gearbeitet. Seine Züge waren klarer als die der anderen, und er brachte etwas wie frische Luft in das Tiefgeschoß.

»Alles bestens!« verkündete er, bevor jemand eine Frage gestellt hatte. »Ist Stolberg denn nicht hier?«

»Was ist bestens?«

»Eben ist ein Freund der Familie zu mir in die Redaktion gekommen. Er hat sämtliche Zeitungen aufgesucht und darum gebeten, daß die Berichterstattung eingestellt wird. Das besagt, daß die Eltern keine Anzeige erstatten und die Polizei die Sache auch nicht weiter verfolgen wird.«

»Dann kann ich ja jetzt gehen«, meinte Amar Paşa und stand auf. »Es ist noch Zeit, mich umzuziehen und zum Fest beim Ghasi zu gehen.«

Er verabschiedete sich etwas überstürzt. Selim Bey sah ihm spöttisch nach.

»Nummer zwei!« sagte er.

»Warum Nummer zwei?«

»Der zweite gute Freund, der uns sitzenläßt! Stolberg ist ja auch noch nicht da!«

Dieser rief freilich wenig später an, um sich berichten zu lassen. Als er erfuhr, daß alles zum besten stand, legte er auf und klopfte keine zehn Minuten später an die Tür.

»Wie konnten Sie so schnell herkommen?«

»Ich war im ›*Régence*‹.«

Es war das nächstgelegene Restaurant, und er hatte dort den Ausgang der Ereignisse abgewartet!

»Ich habe immer gedacht, daß es gut enden würde. Wissen Sie, daß die Geschichte in aller Munde ist?«

Jonsac hörte immer weniger. Er bekam noch vage mit, wenn jemand ging, doch wer, das war ihm schon einerlei.

Sie schliefen zu viert in der Wohnung: Müfti Bey selbst, der Albaner, der sich auf einen Teppich legte, Nouchi und Jonsac.

Als dieser aufwachte, war es zehn Uhr. Der Albaner war schon beim Einkaufen, die beiden anderen schliefen noch.

II

Zumindest sollten Sie zwei Monate Urlaub nehmen«, hatte der Botschafter gesagt.

Man befand sich im Sommerloch, und es ist nicht leicht, einen guten Dragoman zu finden, einen Franzosen, der einerseits genügend weltgewandt ist und eine gründliche Kenntnis der Sprache und der Landessitten besitzt, andererseits aber nicht zu hohe Ansprüche stellt.

Nur ein Mal hatte der Botschafter Jonsac ohne Monokel gesehen, und das war ausgerechnet dieses eine Mal, wo Jonsac, als von Nouchi die Rede war, auch noch den Kopf abwandte und gegen die Tränen kämpfte.

»Ich hoffe zuversichtlich, daß Sie uns künftig solche unangenehmen oder ärgerlichen Zwischenfälle ersparen werden.«

Müfti Bey war für einige Wochen in Griechenland, wo er seit zehn Jahren einen aussichtslosen Prozeß um die Ländereien führte, die seine Familie dort vor dem Krieg besessen hatte.

Amar Paşa war für länger weg, er begleitete den Außenminister nach Washington. Er wurde immer häufiger als künftiger Minister gehandelt.

Tevfik Bey war in Stambul geblieben.

Selim war, statt in Urlaub, für einige Tage nach Ankara gefahren, wo er sich in den Ministerien die Füße wund lief. Aus dem Posten im Ausland wurde trotzdem nichts.

Uzun ließ sich nicht mehr blicken. Erst im Herbst sollte man erfahren, daß er in Berlin wegen Betrugs verhaftet worden war.

Ein Sommer war das! Tagsüber drückend heiß, nachts schwül, alle zwei oder drei Tage ein heftiges Gewitter. Der Botschafter war zu seiner jährlichen Kur nach Vichy gefahren, und die Botschaft war wochenlang wie verwaist.

»Ich sollte nach Frankreich fahren und versuchen, meinen Bauernhof wieder zu vermieten«, sagte Jonsac jeden Tag.

Er hatte erfahren, daß sein Pächter das Korn nicht mehr hatte verkaufen können und mit seiner Familie und dem Vieh weggezogen war, so daß die Felder jetzt brachlagen.

»Ich fahre in einigen Tagen...«

Doch er fuhr nicht. Er hatte nichts oder fast nichts zu tun. Die Botschaft vertraute ihm die wenigen durchreisenden Franzosen zur Führung durch Stambul an, die restliche Zeit pendelte er zwischen Avrenos' Restaurant und der Bar des ›*Pera Palas*‹ und spazierte stundenlang mit aufgesetztem Monokel in der Grande Rue auf und ab.

Er traf allenfalls noch die Ahbad-Brüder, die nicht in Urlaub fuhren und sich die Getränke bezahlen ließen.

Stolberg war praktisch der einzige, der sich noch um Nouchi kümmerte. Er traf sich täglich mit ihr und war immer verliebter.

»Wenn ich wollte, würde er mich heiraten«, sagte sie.

Jonsac warf ihr nur einen ängstlichen Blick zu, er hatte keinen Stolz mehr.

»Keine Angst! Ich habe nicht die geringste Lust dazu...«

Der schwedische Diplomat, in dessen Wohnung sie lebten, hatte mitgeteilt, daß er nicht in die Türkei zurückkehren würde. Für die Übernahme der Möbel und sonstiger Gegenstände hatte er ihnen einen Preis genannt.

»Wir werden die Summe nach und nach entrichten«, hatte Jonsac nach Nouchis Diktat zurückgeschrieben.

Sie hatten noch nichts bezahlt. Sie hatten nicht einmal konkret vor, es zu tun.

Sie lebten in den Tag hinein, dachten an nichts, außer daß sie nicht allein sein wollten, und es entstand eine richtige Leere, als auch Stolberg für eine Weile nach Schweden reisen mußte, um eine kleine Erbschaft in Empfang zu nehmen.

Es war jetzt schon Monate her, daß Jonsac mit Nouchi in völliger Intimität zusammenlebte, ohne bei ihr etwas zu erreichen, doch er dachte nicht mehr daran, andere Frauen zu begehren.

Eines Abends, als sie früher als sonst zu Bett gingen, weil keine Freunde mehr in der Stadt waren, sagte sie verträumt:

»Bist du sehr unglücklich?«

»Nein.«

»Hast du keine Lust mehr auf mich?«

Er antwortete nicht.

»Du sagst nur nichts, weil du Angst hast, mich zu verlieren!«

Wie üblich spazierte sie halbnackt in der Wohnung herum, und jetzt ging sie zum Spiegel, um ihre Brüste zu betrachten, wobei sie die Hände erst wie Schalen darunter hielt und dann ihren schmalen Hüften entlanggleiten ließ.

»Wüßte ich, daß du sehr unglücklich bist...«

»Dann?«

»Ich weiß nicht... Vielleicht...«

Früher hätte er sich längst auf sie gestürzt gehabt, auch wenn sie ihn noch so niederträchtig ausgelacht hätte. Jetzt wartete er einfach ab.

»Eigentlich liebst du mich nicht weniger, als ein Mann überhaupt eine Frau lieben kann... Vielleicht sogar mehr!...«

Im Tonfall, in dem sie das sagte, klang Siegesbewußtsein, aber es schwangen auch zärtliche Untertöne in ihrer Stimme mit.

»Du kannst nicht mehr leben ohne mich. Ich könnte dir sagen, tu dies, tu jenes, du würdest alles tun. Gib es zu!«

Er schmollte.

»Gib es zu! Vielleicht gibt es eine Belohnung.«

»Ich gebe es zu«, sagte er brav.

Sie ließ den Morgenmantel fallen und schlüpfte zu ihm.

»Mach aber das Licht aus.«

Warum dachte er jetzt an die Bretterwände im Wiener Vorort und an das kleine Mädchen, das hindurchsah, ganz steif vor Neugier und Entsetzen? Fast hätte er sich verweigert. Doch dann stürzte er sich wie ein Verrückter auf sie.

Er bildete sich ein, sie lächeln zu sehen, wie von weit weg und von oben herab, dennoch liebevoll, und als er den Kopf aufs Kissen sinken ließ, flüsterte sie:

»Bist du glücklich?«

Er hätte sie wild an sich drücken und unverständliche Wörter stammeln mögen, doch er fürchtete, sie könne in ihr Gelächter ausbrechen oder, noch schlimmer, amüsiert lächeln.

»Die anderen bekommen nicht einmal das«, sagte sie.

Später, als er schon am Einschlafen war, hörte er sie sagen:

»Ich habe übrigens Leyla gesehen...«

Er hatte sie ebenfalls von weitem gesehen, als er mit dem Schiff nach Therapia fuhr, mit dem gleichen Schiff, das sie genommen hatten, um zu den ›Süßen Wassern‹ zu fahren. Sie hatte im Garten des Häuschens in einem kleinen Wagen gelegen, mit einem Buch auf dem Schoß.

»Von mir aus hättest du sie gern heiraten dürfen, wenn du es gewollt hättest.«

Er war schon zu weit eingeschlafen, um alles mitzubekommen.

»Aber nur, wenn ich bei euch hätte bleiben können und die Hauptperson gewesen wäre!«

Erst lange danach ging ihm auf, daß dies womöglich eine Liebeserklärung gewesen war. Doch sicher war er sich nie. Er getraute sich immer weniger, Fragen zu stellen, aus lauter Angst, sie aufzubringen, sie zu verlieren.

Er brauchte sie, genauso wie er es brauchte, von

einem Sonnenstrahl aufgeweckt zu werden, mittags die Stammgäste bei Avrenos zu treffen, sich abends in der Stadt herumzutreiben, mit Müfti oder einem der Ahbad-Brüder vor einem kleinen Café in Tophane zu sitzen, Selim Bey oder Tevfik beim Verse-Rezitieren zuzuhören, die vom Albaner gestopfte Haschischpfeife zu rauchen, die Überreste vergangener Pracht zu betrachten und dabei mit den anderen zusammen laut zu träumen.

Sie kamen zurück, einer nach dem anderen: Erst Müfti, der gegen den Völkerbund wetterte, weil er ihm nicht zu seinen Ländereien verhalf; dann Amar Paşa, der sich der Clique anschloß, aber zwei- oder dreimal die Woche mit Nouchi ausging; schließlich Stolberg, der in seinen Akzent zurückverfallen und zwei Wochen lang steifer als sonst war.

»Es hat sich alles recht gut wieder eingerenkt«, sagte der Leiter des Ausländeramtes, als Jonsac ihn im Auftrag der Botschaft wieder aufsuchte.

Es folgte das Ritual mit dem türkischen Kaffee und der Zigarette.

»Wenn man unsere Stadt kennt, kommt man nicht mehr ohne sie aus, nicht wahr?«

Er lächelte auf eigenartige Weise, halb sanft, halb ironisch.

»Da könnte man Ihnen anderswo Millionen anbieten...«

Jonsac dachte einen Augenblick lang an sein zerfallendes Herrenhaus in einem weit entfernten Tal Südwestfrankreichs, an den leerstehenden, sicherlich inzwischen ausgeplünderten Bauernhof. Es ging nicht um Millionen, doch ein Wert war es allemal, gleichwohl konnte er sich nicht aufraffen, das Schiff zu nehmen und acht Tage zu verreisen.

»Hier muß man dem Leben seinen Lauf lassen ... Es ist stärker als wir.«

Es waren die Worte des Beamten, der immerfort die Perlen seiner dicken Bernsteinkette weiterschob. Vielleicht hatte auch er seine geheimen Gedanken, seine geheimen Wünsche, seine Laster?

Jonsac, wieder ganz der alte in seinem grauen Anzug und dem falschen Kragen aus Zelluloid, sah ihn nur an.

»Die Ausländer begreifen das oft nicht ...«

Im Hof wurde wieder ein Gefangener abgeführt, ein Italiener, der ohne Papiere aufgegriffen worden war.

»Nehmen Sie noch eine Zigarette ...«

Es schien Jonsac, als würde sie nach Haschisch schmecken, und die Wolke, die ihn umhüllte, erinnerte ihn an die vielen Nächte bei Müfti und anderswo.

»Auch Madame de Jonsac ist ruhiger geworden.«

Das »Madame« erschreckte Jonsac. Er war diese Bezeichnung noch nicht gewohnt. Er sah auf, und dem Türken wurde peinlich bewußt, daß er gegen die Höflichkeitsregeln seines Landes verstoßen hatte.

»Verzeihen Sie mir meine ungebührliche Neugier ...«

Jonsac errötete und rückte sein Monokel zurecht.

»Ich danke Ihnen.«

»Ich hoffe, Sie bleiben lange bei uns.«

Er hätte antworten können:

»Für immer!«

Wohin sonst hätte er gehen können?

Er würde weiter hin und her pendeln zwischen dem Bosporus und Marmara, zwischen der Prinzeninsel und Prinkipo, zwischen Stambul, Galata und den alten Vierteln von Pera, zwischen den kleinen, von Feigenbäumen beschatteten Einheimischen-Cafés und der Konditorei der Grande Rue, zwischen der Bar des ›*Pera Palas*‹, dem ›*Maxim*‹ und dem ›*Chat Noir*‹.

Nouchi hatte gehofft, ihn dem alten Trott zu entreißen, aber es war ihr nicht gelungen. Sie selbst brauchte jetzt das träge Dahingleiten der Kayiks auf dem Bosporus, den Mondschein über dem Friedhof von Eyüp, den glühenden Abendhimmel über dem Goldenen Horn.

Die Miene des Beamten wurde ernst.

»Die Eltern wollten das Mädchen nach Frankreich schicken, nach Berck, oder wie der Ort bei Ihnen heißt, man behandelt dort Knochenerkrankungen...«

Jonsac sagte nichts.

»Sie wollte nicht. Der Wiener Chirurg, der jeden Monat herkommt, schätzt, daß sie ein Jahr lang im Gips liegen wird...«

Auf den Lippen des Beamten erschien wieder das Lächeln von vorhin, hintersinnig, ein wenig entrückt wie das eines Rauchers, und die Bernsteinkette wanderte unermüdlich.

»Sie wollte nicht aus der Türkei weg...«

Es erfüllte ihn mit Stolz, mit herausforderndem Stolz.

»Man hat ein spezielles Gefährt für sie bestellt, das sie selbst bedienen kann, wie ein Fahrrad.«

»Wird sie wieder gesund werden?«

»Sie wird nie wieder normal gehen können. Aber ist das so wichtig? Sie ist reich...«

Jonsac biß sich auf die Lippen und verabschiedete sich.

Auf der Straße fragte er sich, ob nicht Leute, die sehr viel älter, sehr viel intelligenter waren als er, sich über ihn mokierten.

Man kann ihnen in Stambul noch begegnen. Nur Herr Pastore ist inzwischen gestorben. Seine Neuralgien waren in Wirklichkeit eine Angina pectoris gewesen, und eines Morgens fiel er beim Rasieren tot um.

Leyla geht an Krücken, sie wird nie wieder anders gehen können. Eine Hüfte scheint doppelt so weit wie die andere herauszuspringen, und innerhalb weniger Monate ist ihr Gesicht dem ihrer Mutter so ähnlich geworden, daß man sie für ihre jüngere Schwester halten könnte.

Sie hat ihre Eigenheiten. Sie liest alle französischen Zeitungen, alle neuen Bücher, deren sie habhaft werden kann, und wenn darin von der Türkei die Rede ist, schreibt sie lange Leserbriefe, um sich gegen vorschnelle Urteile von Reisenden zu verwahren.

Sie hält sich wenig in Pera auf und zieht das Häuschen am Bosporus vor, wo sie den Schiffen zusehen kann, die emsig wie Straßenbahnen die Menschenmassen nach Therapia und zu den ›Süßen Wassern‹ bringen.

Auch Jachten fahren vorbei. Die eleganteste ist die von Kataş Bey. An Bord sind immer dieselben Leute: Es ist der Kreis um Nouchi, die inzwischen auch ihre Gewohnheiten hat.

Manche witzeln:
»Die Jungfrau von Stambul!«
Andere:
»Die Frau mit den drei Ehemännern...«
Sie könnten auch vier, fünf, sechs Ehemänner sagen, denn es sind ihrer mehrere, die jeden Tag um sie herumschwirren, sie duzen und auf Stirn oder Wangen küssen.

Doch nicht einmal die Angehörigen der Clique sind sich ganz im klaren. An manchen Abenden ist Stolberg auf Müfti Bey oder Amar Paşa eifersüchtig. Amar fragt sich, ob sie nicht ihr Spiel mit ihm treibt. Selim Bey wiederum, der es genau zu wissen glaubt, behauptet den anderen zum Trost:
»Sie gehört gar keinem!«
Allerdings fügt er hinzu:
»Jonsac weiß, was er tut! Er hat eine schöne Wohnung. Und er braucht keinen Finger zu rühren...«
Allerdings muß er immer acht, zehn Tage warten, bis er es wieder wagen kann. Dann jammert er:
»Nouchi...«
»Schon wieder?«
Und beschämt schleicht er zu ihrem Bett.
»Nouchi!... Ich möchte... Ich weiß nicht...«
Nouchis Körper bietet sich dar, steif wie ein Stock.
Am nächsten Morgen geht das Leben weiter.

Marsilly, im Sommer 1932

Das Gesamtwerk von Georges Simenon erscheint im Diogenes Verlag

»Da lesen ihn Hausfrauen und die experimentellen Lyriker; es lesen ihn die Stenotypistinnen und die Mythenforscher, die Automechaniker und die Atomphysiker... ja, ich kenne Texteverfasser von höchster Esoterik, die, wenn sie einmal ein Buch lesen wollen, ein richtiges Buch, Simenon lesen und nichts als Simenon, jede Zeile von ihm...« *Alfred Andersch*

»Er ist der beste Krimi-Autor unserer Tage. Er hat etwas von Edgar Allan Poe.« *Dashiell Hammett*

»Simenon erinnert mich an Čechov.«
William Faulkner

»Ich lese jeden neuen Roman von Simenon.«
Walter Benjamin

Verlangen Sie unseren ausführlichen Katalog bei Ihrem Buchhändler.